QUR

让你的名字住进我的表白里

肖文悄悄 著

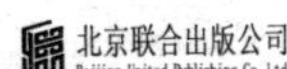

北京联合出版公司
Beijing United Publishing Co.,Ltd.

目录

自序・我为什么写作

2013 年的时候，我闲着无聊，在家试着写小说。几个月后，我投了一篇小说到一个 App 的公共邮箱，认识了时任编辑的薛诗汉。

记得当时他说这篇稿子写得不错，但不符合一个的风格，被退。（很荣幸，那篇稿子最后被《悬疑世界》选用，证明了的确是风格问题。）同时，薛诗汉说了一句话，可以算是我坚持写作到现在的理由。他说：请继续写下去。当时我就想，这人还挺真诚，信他得了。由此信到现在，变成了眼前你看到的这本书。

提到这件事，只是为了说明我开始写作的契机。你会记得自己的初恋、初吻、初夜，以及生命中许许多多的初次；你也能像小熊维尼一样，挖出回忆罐子里初次美好体验的蜜。初次体验的感觉总是甜而美的，但我必须得说，写小说并不像很多人想象的那样简单。流畅可能是多次排列组合的结果，简洁也可能是“如切如磋，如琢如磨”的产物。

写作者带领读者翻山越岭，领略光怪陆离的故事世界之前，必须得一个人面对一片沙漠，人工建造“海市蜃楼”。当然了，还得常常和“孤独”喝下午茶，同“寂寞”耳鬓厮磨。

那为什么我还要做这件事？王小波说，生活中有这么多障碍，真他妈有意思。我认为，当下生活，无趣是最大障碍。所以我努力用眼睛观察，用文字记录，试图在由无趣缝制而成的生活棉被里，找到零零散散的有趣线头。

这些故事写于 2013 年到 2015 年之间，像是我用心孕育的一个孩子，但愿她能让你开心、暖心。

最后，在这个充满折腾、布满障碍的世界里，哪怕只是高楼里的一抹绿，夜空中的一颗星，望你也不丢失感动的心，愿你还能拾得不变的情。

书很干净，你我也不油腻。

二〇一五年 秋天

Chapter 01

一无所有不等于什么都没有

让你的名字住进我的表白里

1

我刚上大学那会儿，宿舍里的文小妮和沈梅梅走得最近。

文小妮皮肤白皙，娇小可人；长发飘飘，刘海整齐；爱穿白色或粉红色的短外套和连衣裙。在校园里老远看见你，她准会第一时间连喊几声你的名字，声音脆甜，仿佛有人在你耳边咬下了一口黄瓜，清香四溢。

这时候，任何人都没有勇气视而不见或转身离去。文小妮让你觉得，你是最重要的人，是校园的中心。她喜欢你。

接着，文小妮拿招手和微笑当预备，用小碎步和扭腰肢为开始，一路兴奋地跑到你面前，并拉着你的手，睁大眼睛说：“你也在这里。好巧啊！”

这种周而复始、次次雷同的行为，成了文小妮刚上大学时交朋友、拉人气的关键。

只有沈梅梅不买账。她是这样回复文小妮的：“我不是在这里，就是在那里。你不是遇见我，就是没遇见我。各一半概率的事，不能算巧。”

那时的文小妮很傻很天真，以为这就是神回复了，一下子就黏上了沈梅梅。一个充当壁虎，一个扮演墙壁。

后来，文小妮说：“我在等待一个不一样的回答。”

寝室里另一位姑娘李子丽说：“狗屎，你是在等待一段不一样的感情。”

2

文小妮和沈梅梅一起上课，一起去图书馆，一起进食堂，一起选修同一门课，一起洗澡，一起睡觉，一起走遍了校园里的每一个角落。

时间久了，我和李子丽难免在私底下猜测：她俩太多的偶然“在一起”，必然会形成某种特殊感情。

“沈梅梅浓妆艳抹、前凸后翘；妖里妖气、风情万种，不像是会对女人有兴趣的人。”我一边从上铺的楼梯爬下来，一边看李子丽发来的短信。

当我刚发出“女人之间的感情你我永远不懂”的短信后，李子丽就打开了宿舍的门，手里抱着几本厚重的书。

她对我使了一个眼色，示意我出去说话。

我瞅了一眼睡在隔壁上铺的文小妮和沈梅梅，轻手轻脚地走出了寝室。

3

清晨6点刚过，我和李子丽坐在鲜有同学的食堂里，吃油条、喝豆浆、聊八卦。

“你说，她俩接过吻吗？”

李子丽的第一句话像是拧开了一个生锈的水龙头，猛然喷出的水柱吓了我一大跳。

我摇着头说：“这我怎么能知道？”

“如果她们真是同性恋，你能接受吗？”李子丽撕下一小截油条，扔进碗里。

“能接受，但不能接受发生在我身上。”我承认，听到这三个字时我有点不舒服。这三个字太烫，得缩回手去。

李子丽用筷子按着泡在豆浆里的油条，说：“你的意思就像是，你能接受残疾人，但不能接受自己是残疾人一样。不公平。”

“你用残疾人做比喻，就公平了？”我说。

李子丽甩甩头发，顺便将我那句话甩到了脑后。

“就算她俩是，我也觉得没什么大不了的。”李子丽嚼着油条说，“就像本是在豆浆配油条的固定搭配里，上帝忽然开了小差，将油条换成了火腿肠。”

“味道一定很怪。”我撇撇嘴。

“先不说味道，首先是很少有人采取这种吃法。”李子丽说。

4

我和李子丽的八卦在某一天的下午按下了暂停键。

那天，文小妮和沈梅梅凑在电脑前看电影，我在洗袜子，李子丽搬了一把椅子，在阳台边坐着看书。

“文小妮，我喜欢你——”一个声音乘着电梯，从宿舍底楼徐徐上升，在我们所居住的七楼窗户前倏忽停住。

李子丽第一个从椅子上蹦起来，原因不在这番老套的表白，而在这个表白出自一位男生之口。沈梅梅冲到窗户前，低头朝底下看。文小妮则坐在椅子上动也没动。

一个穿白 T 恤的男生，在路面用玫瑰花瓣铺了一个大大的“LOVE”。他盘腿坐在“O”这个字母上，手做喇叭状，还在拼命喊着“文小妮，我喜欢你”。

渐渐地，男生周围挤满了路过的同学；而女生宿舍的窗户前，则一个接一个地露出看热闹的脑袋来。

楼下还在不断地复制粘贴着“文小妮，我喜欢你”。

在沈梅梅听来，这句表白无疑是一个让人反感厌恶的电脑弹窗。她从窗户边折回来，抓起床底下的一个啤酒瓶，准备往楼底下砸去。

李子丽第一时间拦下了沈梅梅，也就是在同一时刻，戏剧性的一幕出现了。

“你再看看。”李子丽拿走沈梅梅手里的啤酒瓶，指着三楼斜下方窗口里探出的脑袋。

一个扎着马尾辫、满脸通红的女生，不无温柔娇俏地对底下的男生回应道：“我马上下来。”

沈梅梅和李子丽面面相觑，我和文小妮看着她俩面面相觑。

“这幢楼，到底住着几个文小妮？”几秒后，沈梅梅终于回过神来。

“一个。”李子丽接口说，“我刚认真听了很久，男生叫的是‘文小璃’，不是‘文小妮’。”

李子丽看看啤酒瓶，又看看沈梅梅，假装冷静地问：“梅梅，你的普通话测试，到底过了几级？”

沈梅梅从未料到，自己二级乙等的普通话水平，不分鼻音边音的习惯，竟活生生地暴露了自己的取向。

5

八卦有意思，但绝不能有意义。当八卦变成秘密后，我和李子丽害怕的，不是一不小心将其说出口，而是这个秘密本身，就足够使人害怕。

我和李子丽远没当初八卦时的淡定从容。那件事以后，我俩尽量避免同文小妮和沈梅梅往来。渐渐地，寝室里分成两大阵营，大家虽嘴上不说，但已经默默划清了楚河汉界。我们如同保持各自步调的棋子，只是同处一间寝室，共用一个棋盘罢了。

这种情况持续了很久，直到在一个艳阳天，李子丽去了图书馆，文小妮去向不明，寝室里只剩下我和沈梅梅两个人，转机才出现。

那天，阳光铺进屋子，我的心也跟着敞亮起来。在我向沈梅梅借一块肥皂洗衣服时，我嘴边不小心就滑出了一句："你和文小妮怎么样了？"

或许是我的语气夹带了几分关心，也或许是沈梅梅的确需要一位倾听者。沈梅梅将闷在心里的话对我翻了个底朝天，寝室里紧绷的空气瞬间被松绑了。

从沈梅梅口中得知，她和文小妮已经分分合合了十几次。分手的原因从不是因为感情，而是因为性别。

“我和文小妮都在想，自己到底是只喜欢女人，还是只喜欢对方。”沈梅梅说。

“这两者有什么区别吗？”我问。

“只喜欢对方说明还有救，只喜欢女人就无可救药了。”沈梅梅从兜里掏出了一盒烟，抽出一支，用随身携带的ZIPPO点上。

我看着沈梅梅漂亮的鹅蛋脸、精致的五官、完美的妆容，妒忌心作祟，忍不住说出了真相：“不管对方是男是女，只要真心实意爱上一个人，就已经无可救药了。”

沈梅梅喷出一口烟，久久不说话。半晌，她嘴里骂出一句：“靠！文小妮今天约会去了，晚上不回寝室。”

6

文小妮和男朋友在学校后门的小饭馆匆匆吃了晚饭，男朋友就带她走进了一幢破旧的砖楼里。

刚穿过那个狭长肮脏的楼道，文小妮就开始想念温暖的寝室和柔软的棉被了。

文小妮还在脑子里盘算着如何向男朋友开口，提出打道回府之类的话时，门就在自己背后关上了。男朋友凑到文小妮嘴前，一阵狂风暴雨似的粗暴亲吻，将她所有的话语都堵了回去。

接吻的时候，文小妮在想沈梅梅此时在干什么；对方将一只手伸进文小妮的衣服里，尝试解开她的文胸扣子时，她在考虑哪天为沈梅梅买一件大一号的文胸，包裹好她不停发育的胸部；男朋友将文小妮按在那个又破又脏的床垫上，开始脱下她的丝袜和短裙时，她打了一连串的饱嗝，还放了好几个响屁。这时她才发现，自己晚饭吃得太饱，青岛啤酒喝得太多。

当男朋友刚进入文小妮的体内时，她一个激灵从床上弹了起来。对方还没反应过来，文小妮已经手扶床沿，“哇哇”吐了起来。

“操！你在搞什么鬼？”男朋友嫌恶地闪到一边，一手捂着裤裆，另一只手捂着鼻子。

文小妮吐完，从包里掏出卫生纸擦了擦嘴。她穿好衣服，又去卫生间洗漱了一遍。从卫生间出来后，男朋友还是保持着刚才同样的姿势，莫名其妙地望着她。

“你自己解决吧。抱歉。”文小妮提上包，走出了旅馆，一路留神身后是否传出跟上来的脚步声。

男朋友并没有跟出来。

文小妮走在街上，回想起刚才房间里的一幕，停下来扶着路边的一棵树，不顾路人的诧异，忍不住大笑起来。

笑的时候文小妮还在想，回去一定要把这件事告诉沈梅梅。

7

文小妮回到寝室后，沈梅梅正躺在地板上，身边围满了空酒瓶。我和李子丽一人拉着她的一只胳膊，正用力将她拽离地面。

“根本不行，她喝太多了，重得像保险柜。”李子丽说。

文小妮放下包，过来搭一把手，三人终于齐力将沈梅梅扶上了椅子。很快，她便趴在桌上睡着了。

文小妮发现沈梅梅后背上贴着一张纸。

我和李子丽交换了一下眼神，看着文小妮将那一页纸扯了下来。

文小妮看着纸上的字，看着看着就哭了出来，一边哭还在一边喊：“这是什么世道啊，本来想给你讲个笑话，自己却先哭了。”

8

自从上次文小妮开房，沈梅梅醉酒后，两人再也没提过分手。我和李子丽也慢慢习惯了她俩的这段感情。

大三暑假里的某天，我回了一次学校。

当我在空空荡荡的寝室里，翻箱倒柜地寻找我的笔记本充电器时，竟听到楼下传来了一个熟悉的声音。

空旷幽静的校园成了扩音器，将那个声音传得很响很远。

有人正用尽全力，一遍又一遍地大声喊着："文小妮，我喜欢你——"

我的身体酥软下来，心脏怦怦直跳。我挪动双腿，来到寝室的阳台窗户前，慢慢蹲下身，靠着墙壁坐了下来。

同样是复制粘贴七个字，沈梅梅每一次声嘶力竭、声情并茂的表白听上去却那么不一样，像是一次次为奔赴爱情而做出的不停刷新。

我听着下面沈梅梅的声音，因感动和震撼，全身不听使唤地剧烈抖动起来。她发出的另类声音，不知有没有惊跑树上的小鸟，打乱天上的浮云。

我想起那天，沈梅梅喝着啤酒，趴在我面前的凳子上，在纸上写下的这段话："妮妮，我有胆子爱你，却没胆子说出我爱你。让我练习一下，准备一番，让你的名字住进我的表白里。"

此时，就算小鸟掉落枝丫，浮云撕破脸皮，我也觉得没一丁点儿关系。

9

沈梅梅私底下的表白练习，上演在大学毕业前一晚的聚餐活动上。

作为班长，沈梅梅在孔亮火锅定下了一个方方正正的大房间。房间里摆放着五张大圆桌，俯瞰下去，仿佛麻将中的五筒。那晚 7 点左右，对外汉语专业的同学们陆续在椅子上坐定。

火锅冒起腾腾热气，将同学们的喜怒哀乐和离别愁绪一齐煮沸。觥筹交错间，有人开始说下流话、讲黄段子；有人开窗抽烟、咳痰呕吐；有人百感交集、悔恨万千。

两个小时后，李子丽也喝醉了。她竟跑到抢走自己前男友又很快甩掉前男友的“风骚女”朱笑笑面前，端起杯子，借着酒胆问了一句：“朱笑笑，这么快就重新换一个dick，你是怎么做到的？”

李子丽平时就是一个爱看书的“书呆子”，眼下说出这句话，着实炮轰了所有人的耳朵。酒精果然是能宣泄一切危险情绪的安全出口。

眼见着朱笑笑要把杯子里的酒泼向李子丽时，沈梅梅及时拦下了她，并将她按回到椅子里。

“看着她点儿。”沈梅梅将李子丽交给我后，走回座位用筷子使劲敲了敲杯子，“大家注意！我有事宣布！”

没人注意。

沈梅梅倒了满满一杯啤酒，慢慢站起来，以举起一把枪的专注眼神和凝重表情，伸直胳膊，将那杯啤酒举向了空中。

玻璃杯的对面，坐着恬静温柔的文小妮。比起大一时的她，文小妮身上多了些成长，添了点儿魅力。她不再穿白色或粉色系的衣服，颜色选择上渐渐向深色靠拢，穿衣风格也开始趋于简约。

“文小妮，我喜欢你。”沈梅梅说，语调自然、声音平静，不紧不慢得像一只规律行走的钟。

谁也没留意到沈梅梅这句表白。直到沈梅梅雕塑般地立在文小妮面前，不停地重复这一句话，不断地斟满、喝光一杯杯酒，大家才觉得不太对劲。

“沈梅梅你说什么？！”李子丽的脑袋猛地从我肩膀上移开，惊讶地用食指指着沈梅梅。过了几秒，她猛拍着手，将沈梅梅的那句话调至自己能发出的最大音量。“沈梅梅，你喜欢文小妮！你怎么能说出来！你脑袋遭门卡住了吗？！”

说完这句话，李子丽才发现在场的所有人都安静下来，仿佛就在一瞬间，喧哗和吵闹被谁进行了打包快递。

屋里降下的死寂切不开、割不断，大家带着同种复杂的心情，将惊愕和哑然的眼神在空中抛来抛去。

我害怕了，等着有人用手拍开沉默之门，有人一脚踢破凝固的空气。

“还是班长呢，真他妈的变态。”房间某个角落里，朱笑笑第一个将声音甩了出来。

“朱笑笑，你给我闭嘴！”李子丽从座位上站起来，怒瞪着朱笑笑。

朱笑笑无谓地耸耸肩，一副“闭嘴不闭嘴都一样，反正我就是觉得她变态”的表情。

全班同学仍旧默然无语。

李子丽忽然抓起面前的酒瓶，猛灌了几口，贴在脑门上的刘海随着她一一转向同学的脑袋而晃动不止。

“说‘在一起’啊！”李子丽忽然一声人猿泰山似的吼叫，“大家不都喜欢拿两性开玩笑，把爱情当八卦吗？说他妈的‘在一起’啊。说说又会怎样？你也会成为同性恋吗？说他妈的‘happy ending’啊！”

没人说话，所有人的嘴都上了锁。

半晌，班里沉默寡言、毫无存在感的一个男生忽然小声说了一句：“这不是happy ending，这是hard beginning。”

10

第二天，文小妮就得去美国。她打算先在那里教两年中文。其实，在毕业之前，寝室里所有人都知道这件事。

一大早，沈梅梅替文小妮拖着行李箱，将她送到了双流国际机场。

“照顾好自己。”文小妮说。

沈梅梅点头。

“善待自己，敬畏生命。”

“嗯。”

“好好赚钱，天天发财。”文小妮的声音仍旧脆甜。

“这些话，好像该我对你说吧？”沈梅梅反应过来。

“需要拥抱吗？”

还没等沈梅梅回答，文小妮突然冲上前，抱紧了沈梅梅，仿佛要把她的身材挤小几号。

“我知道，昨晚你是想趁我出国前，兑现你上次留在纸上的表白。可表白之后，又能怎么样呢？”文小妮终于松开沈梅梅，眼里起了一层雾。

“文老师，我知道这是 hard beginning，”沈梅梅说，“但我只在乎 happy together，不介意 happy ending。”沈梅梅看了看墙上的钟，催促文小妮“该走了”。

文小妮拖着行李箱往前走了几步，停下来，回头朝沈梅梅大喊：“记住，我会做足练习，做好准备来应对 hard beginning，我能跨国界、零时差地和你一起 happy together。”

文小妮的告别蹿进了沈梅梅的心里。她站在原地，看着文小妮消失。

11

我和李子丽都知道，沈梅梅还在等着，等文小妮从美国回来。那天，文小妮会像大一时，还没和沈梅梅熟稔前，用脆甜的声音对她说出一句：“你也在这里。好巧啊！”

沈梅梅会在脑子里寻找一圈答案，却仍旧搜索不出最贴切的一句对答。最终，她只有装作像是在谈天气、聊书籍一般，跳转话题对文小妮说：“你有没有觉得，当你喜欢上一个人时，她所在的那座城市，也跟着可爱起来？”

你是我从池子里钓起来的云

1

我妈名叫吴碧华，在一家便利商店工作，是一名普通得如同路边任何一粒石子儿的中年妇女。

说石子儿或许有失公允，毕竟，她身高157cm，体重70kg。真要说成石子儿，也是一粒膨胀、浑圆、放大千倍的石子儿。毋庸置疑的是，她普通至极。

小时候，我平常都喊她“妈”“妈妈”或“吴妈”；家里来了朋友，我会跟着他们一起喊她“吴姨”；在亲戚面前，我便壮着胆子喊她“吴姐”。

她假装不生气，白嫩的脸上笑容荡漾，慢悠悠地踱步过来，一巴掌打在我的嘴上："叫你没礼貌！"

我当着亲戚朋友的面，闭上眼，"哇"的一声大哭起来。

我妈脸上挂不住了，赶紧说："别哭了。瞧你，天上的一片云都被你吵昏了头，掉到你脚边了。"

我睁开眼，哪里有什么云，便接着哭。

"你是我从池子里钓起来的云。"我妈说。

听闻这话，在任何场景下，我都会止住哭声，破涕为笑。

你是我从池子里钓起来的云。到现在我也挺喜欢这个故事。当所有父母面临年幼无知的孩子提出"我从哪里来"的问题时，我妈告诉我说，她年轻的时候，路过一个池塘时，看见有一片云忽然挣脱天空，像拼图脱落了一块一样，醉醺醺地飘到她眼前，开始围着池塘打转。转了三圈后，那片云一个猛扎子跳进池塘，几秒后又浮出水面，眼睁睁地瞅着我妈。我妈便找来一根鱼竿，顺势钓起了那朵云。那朵云就是我。我就是这么来的。

"云为什么醉醺醺？"我问。

"喝了酒，它飘来的时候手里抓着一个酒瓶。"我妈说。

"云很能喝了？"

"三杯不醉，三斤不倒。"

后来我才发现自己酒精过敏，只要沾一滴酒，便全身通红肿胀，无一例外地成为一只需要打针治疗的龙虾。

“你叫肖云三。因为那朵云围着池塘转了三圈。”我妈说。

2

从小到大，我的学习成绩一流，泡妞技术三流。直到上了大学，也没交到一个女朋友。

一个周末，我和我的一个女性朋友——七妹在我家聊天。当时，我寝室里一哥们儿老是把自己的女朋友带回寝室，到晚上还会做那事。我和七妹的话题便由此开始。

我不反对做那事，但我反对穷逼在寝室里做那事。

“以前，我们寝室晚上安静得像只猫。”我告诉七妹说。

“那不可能，”七妹反驳道，“没有猫会打呼噜。”

我点点头，说：“总之，我很困扰。”并告诉了七妹那哥们儿的事。

七妹一语中的：“你眼红？”

我说这不好说，一方面为睡眠不好而气愤；另一方面为性欲得不到释放而恼怒。

“我明白了。这个时候，你只要当个彻底的旁观者就行了。”七妹说。

“可我想当参与者。”我道。

“你的外部条件不允许你当参与者，你的自身条件也顶多满足你自个儿参与自个儿。那对你来说肯定腻烦了不是？”

七妹挺懂似的，可我不知道是否她真懂，毕竟男女有不同的凹凸。

“嗳，你不问问怎么当个彻底的旁观者？”七妹催促道，显然已经准备好了答案。

“怎么当个彻底的旁观者？”

“尽你所能地想象。”七妹自信地说，“想象他们采用的各种做爱姿势，直到达到你想象的极限。”

“我只知道经典传教士。”我答。

“那更好。”七妹继续推进话题，“无知者无畏。你的发挥空间更大。你可以从位置、姿势、部位、距离、工具等各个方面考虑。只管全面思考、全力想象就成。”

“莫非你是个性早熟者？”

七妹笑而不答。

“性欲不能压抑，你得找到合适的方式排解。让意识跑到身体前面就好了。”

我摇摇头，说“不懂”。七妹是个研究生，比较文学的，某些时候有些学究气。

两人沉默了几秒。

“这样说吧。你的意识是火车头，你的身体是火车尾。明白了吧？”七妹总结道。

我俩谁都不知道，我妈早已端着一盘水果进了屋。

“什么火车头火车尾的，说这话的人，肯定连初吻初恋初夜都还在。”我妈不屑地白了七妹一眼，对我补充一句，“我教你怎么泡妞。”

3

那时，我正暗恋着大学里一位名叫火皮皮的姑娘。

我妈听完我对她暗中收集的性格特征和兴趣爱好后，问我：“文艺青年了？”

我沉吟片刻，点点头。

“文艺青年就是裱在墙上的画了？”我妈问。

我摇摇头，又点点头。

“写诗吧。”我妈建议道，“请吃饭、看电影、送玫瑰显得俗气了。写诗得了，一个字如同一个吻，吻不能太多，重质不重量，诗短，正是爱情的最美致幻剂。”

接下来，我用两天时间酝酿，又花了一天，为火皮皮写下了这首诗：

有人问我有没有生活

我只能告诉他

我是否有性生活

有人问我懂不懂爱

我只知道

我做爱的技术还不赖

亲爱的

别相信那些大话家

他们甚至不懂柠檬和邮票

不懂老人和孩子

很高兴我说大话的能力

在不断退步

在我未被定义的生活中

对你说

我看着你的时候

是在用眼睛

和你的里里外外做爱

我妈看完后，评价说：“很骚，也很真诚。这事一定成。”

诗交出去后不久，火皮皮果真成了我的女朋友。不仅如此，以后，只要我看她的眼神稍微透出温柔的光，她就提醒我说：“你又在用眼神和我做爱吗？”

4

“放屁！”我妈坐在沙发上，喝了一口茶，对坐在对面的我说，“你小子明明是在用原始欲望提醒她，你想和她滚床单。”

我又认怂了，耷拉着脑袋，替我妈重新沏了一壶茶，斟满一杯，双手捧上，虚心听取她老人家的意见。

我妈啜一口茶，幽幽吐出一句：“暗喻，若对方接受，便下手。”

从那以后，我便在等待一个“下手”时刻。

那次，我和皮皮一起逛超市，预计去她家，为她做一顿晚饭。

做饭食材备齐后，我又想买点儿可有可无的隐形消费产品，被皮皮制止了。

“逛超市的时候，记得把梭罗请进脑子里坐着。”皮皮说。

我表示不太明白。

皮皮曾经是个购物狂，她说是梭罗和他的《瓦尔登湖》改变了她。

皮皮告诫我说：“一定要记住，回顾梭罗的生活方式，能及时按住你伸向货架上的手。”

“什么能及时按住我伸向你胸部的手？”我一把逮住了“暗喻”的准确时刻。

皮皮笑了。

那晚，在皮皮家，我第一次大胆地伸出了右手食指指尖，隔着皮皮刚洗完澡后穿上的橘红色睡裙，触了触她左边胸部的乳头。

“瞧，勃起了，不是男人也能。”皮皮用手将裙摆拢到身后，一挺胸，凸显出两座橘红色的山包。

我呆在原处，呼吸急促起来。

皮皮双臂扣住我的后颈，双脚稍微用力蹬地，两腿便夹住了我的腰，像个篮子似的挂在我的脖子上。

“太阳出来啰喂，喜洋洋啰喂。”皮皮唱道，又嘻嘻哈哈地笑，声音如夕阳余晖撒满了我的脸。

我知道自己的脸红了个透，气愤又羞愧。

“对我的胸部，你不必客气。”皮皮收住笑，收住光，郑重向我宣布道。

皮皮有光，有热，有将光和热乐善好施的品格。皮皮是全世界姑娘学习的楷模。

5

事成后，我兴奋地向我妈表达了自己的喜悦，我妈却严肃地告诫我说："肖云三，一朵花枯萎，也荒芜不了整个春天。"

"哪儿捡来的话？"我妈很俗，我料想她也不会说出这么文艺的话。

"巴尔扎克的上衣口袋里。"我妈说。

"可我才摘到小花呢。"

"迟早会枯萎。"我妈提醒我说，"要不，换一朵塑料花？"

我说"不"。

我妈笑了，拿起手机拨电话给我爸。我爸已经出差一周了。

"我说，机器零件生锈没有？我还等着用呢。"说完，我妈对着电话狂笑了一阵。

我被这句极具内涵的话吓得不轻，忽然想起小时候她一巴掌打在我嘴上的情景，忍不住说："吴姐，您悠着点儿。"

6

我妈说得对，很快，我就迎来了爱情之花面临的枯萎问题。

"我说，那些类似粽子、饺子、包子之类后缀'子'的东西，能不能别让你妈给我了。那些东西很容易发胖的，我放着不吃，最后只有扔掉。”这次，皮皮像往常那样，接过我妈让我转交给她的几袋食品，却说出了不同寻常的话。

我一怔，条件反射地说了句“去你妈的”，并一把夺回了皮皮手里的塑料袋。

“靠！肖云三，别忘了，说不定她以后也是我妈。”皮皮的声音有些颤抖，像驶过一条崎岖不平的山路。

“没那可能了。”我掉头就走。

在不伤害心爱的人的前提下，去保护一个珍爱的人的能力，冲动年轻的我并不具备。

那件事以后，我和皮皮虽没说分手，但旷日持久的冷战已经打响。

我俩都端着枪，密切关注着对方的一举一动，对上对方的目光后，却假装无知无觉，并反感地别过脸去。

7

趁着这段难熬的时间，我索性和七妹去了西藏旅行。

“逃得再远，也逃不出自身。”在布达拉宫的转经筒前，七妹忽然对我说。

“我没逃，只是给自己点时间，把眼睛擦亮点儿，心擦干净点儿。”我边说边玩起了转经筒。

“哎，得顺着转。顺时针！”七妹喊道。

“为什么？”我停下手中的动作，扭头看着她。

“不能逆向而行。”七妹说。

“我们处在北半球，北逆南顺，顺着转不是刚好反了吗，反而是逆向而行了。”我疑惑地问。

“你总是这样。用科学解释宗教，拿对错对待爱情。”七妹满脸不悦。

我听得哑口无言。

在西藏旅行期间，七妹举着相机向处处一览无遗的美景撒网，收获颇丰。我则随身带着老子的《道德经》，一路走一路翻。连路边卖酥油茶的当地老人也看得出来，我对这里的美景并不感兴趣。

“你很麻木。”老人对我说。

“麻木？这个词居然赖我身上了。”我惊讶地看看老人，又瞅瞅七妹。

七妹在一旁不怀好意地笑：“你以为对恶袖手旁观才叫麻木？对美不为所动也叫麻木。”

那一瞬，我猛然醒悟：赏再多的美景，也不敌看皮皮一眼；阅再深的《道德经》，也不如睹皮皮一次。

这就是我站在宏伟神圣的布达拉宫前，持续麻木的原因。

8

回到宾馆后，我迫不及待地拨通了皮皮的电话。电话占线；再打，还是占线；半个小时内，一直占线；一小时后，七妹敲响了我房间的门。

“吴姨喜欢吃饺子、粽子、包子？”七妹忽然问我。

我莫名其妙地望着她。

“你知道皮皮把吴姨给她的饺子、粽子、包子扔哪儿了吗？”七妹追问道。

我听着一连串的“子”，直摇头。

“你家冰箱里。”七妹晃了晃手里的手机，“皮皮刚打电话告诉我说，吴姨前两天发现了。她叫去皮皮，对皮皮说了很多话。”

原来皮皮刚才是在和七妹通话。

“事情很简单。吴姨喜欢吃面食，以为皮皮也喜欢吃面食。你不知道皮皮肠胃不好，吃面食拉肚子吗？”七妹说，“皮皮不知道如何回绝吴姨的好意，只有收下，趁吴姨不备时，偷偷放进你家冰箱里。”

我有点儿透不过气。

“顺着她，像顺着转转经筒一样。只要你爱她，地球南逆北顺、至东向西又有什么关系呢？”

这次，七妹的话射进了我的心里，正中靶心。

9

在电话里，我问皮皮，我妈对她说什么了。

“吴姨说，你的肠胃可以拒绝饺子、包子、粽子等后缀“子”的东西，但你不能拒绝我给你的票子。说完，就朝我手里塞了几张百元钞，说，买自己喜欢吃的去。只能‘YES’不能‘NO’。”

票子？！亏吴姐想得出。

“还有呢？”

“吴姨说，至于要不要拒绝我的儿子，这就得你自己决定了。”皮皮说。

我俩在电话里沉默了几秒。

“告诉吴姨，我要定了这朵她从池子里钓起来的云。”

很久以后，我的耳朵捕捉到了这样一句话，微微震颤，却持续有力。

从拉萨的这家宾馆望出去，窗外湛蓝如洗的天空里，有一片云忽然挣脱天空，像拼图脱落了一块一样，醉醺醺地飘到我妈眼前，开始围着池塘打转，转了三圈。

你叫肖云三。

吴妈，我真的顶顶喜欢这个故事。谢谢你。

我就站在你身边，你可别倒啊

1

扣姐说话心直口快，做事雷厉风行，是我所见过的最霸气的女人。第一次见到扣姐的人看她身材娇小，巴掌脸，还拥有D罩杯的胸口，红着脸上前诚恳问候：“你好。”

“你有什么毛病？”扣姐一开口，白云倒着走。

“好像是阑尾痛。”

“你脑子有病还是眼睛有病？”扣姐指了指办公室的门牌，“这是妇产科。”

“那我应该去什么科呢，大夫？”

扣姐大笑着说："神经科吧。出门左拐顺数第三个门。"

来人快快离开，带走一张大红脸。

事后扣姐告诉我，钟灯那人，那叫一个土，还大夫！

扣姐是市里一家三甲医院的护士，妇产科，每天能见到几十个女人的生殖器，同时见证几十个孩子诞生的奇迹。我母性大发、羡慕不已，不停感叹扣姐接住那一个个小生命时得多喜悦。

"你可不可以不靠情绪说话，靠脑子？"扣姐喝了一口摆在她面前的红茶，"新生儿皱巴巴的一团红肉，丑死了。你还母性大发？瞎眼了吧。"

我扔了一个靠垫过去，大骂："流动摊位，滚去下一站。"

"流动摊位"是我给扣姐取的外号。这个疯子一样的女人有着一颗风儿般的心。大学毕业后，扣姐揣着一张医学院的护理学专科毕业证，跑了三个城市，换了七八份非医学类的工作，进哪家公司哪家公司就倒闭，简直是中了什么可怕的诅咒。扣姐一分钱没存到，还多了一个"企业连环杀手"的外号。后来，扣姐总算回到成都，经人介绍进了一家小有名气的三甲医院，规培一年后进了妇产科。也就是从那个时候起，扣姐的生活之轮就驶上了正常运行的轨道，好像一个没有重心的人稳定了自我位置，一个找不着北的人获得了方向。

作为扣姐最要好的朋友，我就是那个坐在副驾上，看着扣姐一路行驶在一条又直又平又稳的路上的人。沿途路牌更换不断。路牌上写着固定工作、五险一金、汽车、包包等现代社会的产物，唯独少了最古老的爱情。

扣姐说，如果找不到爱情，她不会成家买房。

“对对对，”我点头赞同，“俗话说，找到一个自己爱的人，他在哪儿，哪儿就是家。在找到那个他之前，你的确不用买房。”

因为我的这句话，扣姐很不客气地决定，在我、泡妹和剪刀家轮流住。从那以后，“流动摊位”这个外号被我独家冠名给她。

扣姐在我们仨中国好闺蜜的客房里分别睡了半年，还是没有遇到自己喜欢的人。她今年 29 岁了，也急也慌，还去相了几次亲，均以失败告终。

某个晚上 11 点，扣姐拉着我去楼下吃冒菜喝啤酒，多喝了点儿，忍不住拿起筷子敲桌子骂：“老娘都相亲了啊，都坐在桌子边和人面对面谈条件了呀，都谈条件不谈爱了呀，他妈的还是找不着！”

我摊手道：“落下找真爱的病根，相亲也没法医治。”

“如果今年还不谈恋爱，我也别想什么成家，干脆出家得了。”扣姐自暴自弃地说。

“你放心去吧，到时我给你捎带合适的胸罩。”我瞅了一眼扣姐丰满的胸和纤细的腰，心里一声叹息：可惜了。老天爷给了扣姐这样一副好身材，不是耍她吗？

幸运的是，老天爷耍心不大，懂得适可而止，不久就派来钟灯，安排了一次作用于无数男人女人无数次的一见钟情。

2

没过多久，闺蜜们再聚的时候，扣姐和钟灯已经肩并肩、手牵手地出现在了我们面前。大家举杯同庆，泡妹祝他俩爱情长寿，剪刀祝他俩烦恼短命，我最俗，只恭喜他俩发财。

类似这样的聚会又经历了几次，除扣姐以外，钟灯很快就成了我们其他三人共同的讨论对象。

钟灯在市里的电脑城做着一份月薪两千多的工作。在电脑城里工作的人以“一薄一厚”闻名于市：进去时脸皮特厚，出来时钱包特薄。钟灯脸皮厚到每次扣姐、泡妹、剪刀和我吃火锅烧烤、喝啤酒下午茶的时候，他都会跟着扣姐出来蹭吃蹭喝，且没有一次让他的钱包和我们见见面。

“难道‘是个男人都会抢着埋单’的江湖传统，在钟灯身上绝迹了？”泡妹在我们三人组成的微信朋友圈里问。

“钟灯是个有反传统思想的人。”我回。

“别绕圈子了，你们就直说钟灯小气呗。”剪刀说。

后来我才知道，钟灯不是小气，他就是穷。

帮扣姐把她的行李搬到钟灯出租屋那天，我第一次见到了钟灯生活的地方。

那是怎样一种生活环境啊。房间又小又破，墙壁和地板裸着，暗沉难看得好似我没打粉底的脸，床、书桌和衣柜还是八十年代的落魄风格；家具掉漆、发亮，让人看了垂头丧气。

房间里没凳子，我选了床尾，刚坐下，“啪嗒”一声，床板断了。我猛然站起，耳边紧接着传来扣姐的一声尖叫。

“耗子！刚才有只耗子从门前穿过去了！”扣姐惊魂甫定，一屁股跌坐在床尾的另一侧，更重的一声“啪嗒”响起，床板彻底断了。

我把扣姐拉到一边，悄声劝她：“扣姐，你真的要搬到这儿？这里有耗子，床板也是烂的。”

“这算什么？床板烂了修，耗子来了杀。”扣姐做了个霸气的砍杀动作。

这时，又一只硕大的耗子从我们眼前大摇大摆、慢慢悠悠地走过。

“奇怪，它散步哪，走那么慢？”我问扣姐。

“不，它怀孕了。”

扣姐说完，我俩同时大叫起来。

最后，扣姐还是住了进去，每天上班接生婴儿，下班柴米油盐。

3

半年后，扣姐在我们四人微信群里公布：我和钟灯买房了！

泡妹发了个鼓掌的图像。

我发了个展示肱二头肌的图像。

剪刀发了个蜡烛的图像。

几乎同时，我和泡妹移步用于吐槽扣姐和钟灯的三人微信群。

我说，剪刀你点个锤子蜡烛，不吉利。

泡妹说，息怒，剪刀不会乱点蜡烛。

剪刀回，我借给了扣姐两万块钱，穷得几个月不敢逛街，你们让我祭奠祭奠。

泡妹大惊，我也借了扣姐两万块！

我索性发了一条激动得炸毛的语音，凭什么扣姐向我借三万块！

两人听而不闻。

剪刀冷静分析，扣姐说首付 20 万，她爸妈出 10 万，她出 3 万，钟灯出 5 万，然后借了我 2 万。

泡妹整理补充，扣姐要买房，她的爸妈出 10 万，扣姐出 3 万，我出 2 万，剪刀出 2 万，悄悄出 3 万。那么，问题来了，钟灯出几万？

我想了想，说，1 万。

紧接着，我狂怒，发了一段语音大骂，钟灯那个混蛋，想花一万块娶扣姐！扣姐那个蠢蛋，蠢得能吓哭天上神灵，惊醒地下亡灵！

剪刀说，呵呵，钟灯出一万。悄悄，你的计算能力高深莫测。

泡妹道，悄悄，我要重新认识你。

剪刀、泡妹和我就扣姐和钟灯的问题商量了一番，最后我们仨一致决定：打开天窗，在牌桌上说话。

4

一周后，我约了扣姐、泡妹和剪刀来我家搓麻将。打了几圈，我开口问扣姐那个烂到骨髓的问题：你到底喜欢钟灯哪点？

“他品行良好，无不良嗜好，不抽烟、不喝酒、不去 KTV 和酒吧。”扣姐行云流水、一气呵成。

“那是因为他穷，没钱养爱好。”我说。

“钟灯时不时还翻食谱，有空就钓钓鱼打打球跑跑步。”

“那是因为他懒，缺乏上进心。”泡妹说。

“他对我非常非常，中间无限循环‘非常’的好。”

“是的，他越穷，就越对你好。”剪刀说。

“谈钱伤感情。”扣姐摇了摇头，开始洗牌。

“不谈钱伤脑筋。”我说，其余两人点头。

“唉，你们不懂爱。”扣姐的眼睛忽然变得通红。

“那你向我们说明一下，什么是爱？”泡妹问。

“妈的，爱不是说明书，不用说明。”扣姐一反常态，涨红了脸低下头，声音越来越弱。

气氛明显不对劲儿。我第一次见到往常霸气十足、面容镇定的扣姐如此底气不足、神色慌张。可泡妹那个傻逼还在一个劲儿地追问扣姐：“不行，你必须说！快说！”

“你们别管！”扣姐怒了，从椅子上蹭地站起，掀翻了麻将桌，大喊一句，“和钟灯的感情，扣姐我自负盈亏！”

我们被扣姐满脸的泪水惊呆了。

半晌，剪刀叹息一声：“看来亏得很惨。”

扣姐和钟灯是在前几天分的手。那天，两人刚拿到新买房子的钥匙。扣姐和钟灯一人手提两个行李箱，准备搬家。钟灯拦了一辆出租车，把行李箱放进去，忽然一拍脑袋，说新房钥匙忘拿了。扣姐上楼拿钥匙的档儿，钟灯跑了，留下扣姐的两个行李箱和一个信封。信封里放着一把新房钥匙和一张纸条。纸条上写着：

扣姐，我们分手吧。我回老家结婚了，别找我。

钟灯的老家在四川的某个小镇上，据说那里山多水多老人多，是个养老的好地方。扣姐不死心，给钟灯打电话，此号报废；去钟灯工作的地方打听，此人离职。扣姐后悔没记住钟灯老家的具体地址，因为她从没想过要去那里。

听完扣姐的哭诉，我们再无心打牌，拉着她转战 KTV。

扣姐握着话筒，痴痴呆呆地坐在沙发一角，不点歌，也不说话。

泡妹点了一首谢娜的《给不了你要的幸福》，悲情地唱："给不了你要的幸福，竟然终于承认我的无助，不如就把我当成是一个替补……"献给大混蛋钟灯。

剪刀点了一首张艾嘉的《爱的代价》，励志地唱："走吧，走吧，人生难免经历苦痛挣扎。走吧，走吧，为自己的心找一个家……"献给倒霉蛋扣姐。

我点了一首刘德华的《恭喜发财》，喜庆地唱："恭喜你发财，我恭喜你精彩，最好的请过来不好的请走开……"献给我们大家。

大家怒了。

扣姐平静地听完《恭喜发财》，走过来对我说："悄悄，你是对的。与其祝什么爱情长寿，还不如祝恭喜发财。"

是的，没钱，爱情受不了，一个男人的自尊更受不了。我在心底默然道，却感受到一股前所未有的凄凉和悲哀。

5

钟灯走后的两年，扣姐卖了房、辞了职，开始一个人全国各地到处玩儿。

走之前，扣姐对我说，既然成不了家，就四海为家吧。

四海为家总比出家好。我拥抱了扣姐，忽然想起，五年前，扣姐也是一个风一样的女人。那就随她去吧，让美景去涂抹她的伤口吧。

扣姐旅游期间，我竟接到钟灯打来的电话。他提议出来喝一杯。我一惊，答应了。

“刚才你在电话里愣了一下。我还在成都，你觉得惊讶吧？”在一家餐吧的桌前坐下后，钟灯问我。

“不是。我是惊讶你居然有钱请我喝酒。”我没好气地说。

钟灯尴尬地笑了笑，摆弄着手里的纸巾，抬起头说：“那次，扣姐刚交完房子首付没几天，她爸爸来找了我。”

我看着他，没说话。

“他要求我和扣姐分手。他说，扣姐找男人，不应该是和他一起过穷日子；扣姐找男人，是应该和他一起过好日子。”钟灯攥紧了纸巾，蛮无辜的表情，“悄悄，你觉得那时我能怎么办？你站在我的位置想一想。”

我说：“我不要站在你的位置，你的位置写着一个‘穷’字。”

“穷有错？”

“穷一时半会儿没错，有了心爱的人，还纵容自己穷一辈子就是错了。”我喝了口酒，皱起了眉，操，这啤酒比黑咖啡还苦。

“扣姐她爸找我那天，给了我一张卡，里面有五万块钱。是分手费。”钟灯苦笑，“我的卡里从没有过那么多钱。”

所以，你今天这身西装领带、人模狗样的打扮就是从那里头来的？我盯着钟灯默想。

“别误会，我拒绝了。”钟灯忽然说，“我要把扣姐找回来，悄悄你帮帮我。”

“怎么帮？”

“和我一起去扣姐旅游的城市。”钟灯的眼里燃起希望之火，“你的请假费我补，食宿我出，交通我包，外加赠送景点门票。”

“不用说了。朋友就该肝胆相照。成！”我一拍桌子，为钟灯眼里的火又添了一捆柴。

喝完酒，我猛然想起一件事，那就是钟灯为什么找我。

钟灯笑了：“扣姐说，你最好借钱。所以我估计，你应该也最好说话。”

我当场骂道：“流动摊位，你大娘的！”

6

我和钟灯一路参考扣姐发在微信朋友圈的图片和显示地址，很快找到了她。

扣姐正大大咧咧地翘着二郎腿，坐在武汉大学外面的小店里吃热干面。

钟灯抑制不住内心的激动，向扣姐的凳子扑了过去，却用力过猛，跪在了正在吃面的扣姐跟前。

“我操，”扣姐站起来骂道，“武汉要钱的也太猖獗了吧，地铁上有，商场里有，连小餐馆里也有。”

待看清面前的人，扣姐吓得坐回了凳子上。她说：“钟灯，你不是回老家结婚了吗？”

“是想回去结婚的。可是中国的法律里，规定只能娶一个；我的法律里，规定只能爱一人。”说到这儿，钟灯低头看了扣姐一眼，扣姐低头看了热干面一眼。

钟灯接着说：“我回老家借了点儿钱。哎，对了，我现在自己开了一家电脑维修店。在成都。”钟灯特意加重了“成都”两个字。

“关我屁事。”扣姐泄恨似的扔掉手里的筷子。

“扣姐，我想让你当店里的老板娘。”钟灯说着，单膝跪地，从上衣口袋里掏出一枚亮晃晃的戒指来。我尖叫不息，扣姐呆愣不止。

“我没赚到什么大钱，但至少没以前那么穷和不体面了。”钟灯说，“这两年，我明白了一件事，比没钱更让人受不了的事，是没你。”

扣姐看着钟灯，一点儿反应也没有。

“扣姐，你愿意当我店里的老板娘吗？”钟灯又问了一遍。

扣姐想了几秒，咬牙道，“不行，我是私企连环杀手，搁哪儿哪儿倒。”她指着我，“不信你问她。”

我急忙说：“这次不一样。这次上位成老板娘，诅咒肯定失灵了。扣姐你怕个屁啊。”

可扣姐还是摇头。

过了一会儿，扣姐说：“钟灯，当初所有人都说你穷、孬，就我觉得你好。是我扣姐傻吗，是我他妈的瞎眼了吗？我的眼睛看不到谁对我好，我的耳朵听不到谁说的话真吗？我知道，那时候，全世界都与你为敌，可我站在你身边，你可别倒啊。”扣姐的眼泪不断掉进热干面里，成功毁掉武汉第一特色小吃。

“我不倒，咱们回家好吗？”钟灯泪眼婆娑地去拉扣姐的手。

扣姐一把甩开：“来不及了。”

扣姐又说：“再过一个小时，我就要走了，去上海。我只在武汉停留半天。”

钟灯刚准备从皮夹里掏出开往成都的动车票，听完扣姐的话，慢慢起身，抹了把眼泪说：“扣姐，你走吧。今天我只是来告诉你，不管你走到哪儿，也走不出我的视线。不管你停在哪儿，都停在我的心里。”

我抱住扣姐的大腿，哭得稀里哗啦。

扣姐没去上海，回了成都。

7

过了半年，扣姐和钟灯领了证；又过了一年，扣姐生下了一个男孩。

我、泡妹、剪刀拿着红包去看望扣姐。

扣姐大方地说，以前我当流动摊位那会儿，没少麻烦你们，你们也没收我房租，不用封红包了。

我们仨大喜。

扣姐接着说，我还差你们两三万吧，过一阵子我补办婚礼，你们不用出份子钱了。

我们仨大哭。我尤甚。

扣姐低头看着怀里才一个月大的宝宝，忍不住说：“为了你的出生，我亲女人、远男人；亲清淡、远辣椒。熬了将近一年，结果却熬出这么一个丑东西。你真他妈丑，可我真的好喜欢你啊。”扣姐居然红了眼。

“你说话真他妈讨厌，可我真的好喜欢你啊。”钟灯在一旁为扣姐擦眼泪。

太阳落山以后干什么

1

冬日阳光伸出一小片温暖的手掌，捂暖了我的右半边脸，而我的左半边脸却肿了起来，灼热和疼痛覆盖率百分之五十。更严重的是我的心，估计已经重度烧伤。

就在一分钟前，我最喜欢的人罗灿趁着汽车驶入高速公路的档儿，抽手甩了我一个响亮的耳光。

这记突来的耳光仿佛一个订书机，把正欲歇斯底里的我装订在了副驾上。

这是罗灿第一次动手打我。

不知是谁告诉过我，高速公路上更要注意安全驾驶，任何在普通公路上的微小擦刮，都会在高速路上导致车毁人亡。

高速伤人真小人，事后报仇真君子。因此，我只是坐在副驾上，将想法捏成了一个无形的拳头。

妈的，我的左脸真疼啊。要是罗灿伸出右手摸摸我的脸，不用说对不起，我也会原谅他。可他就是不！

算了，去他妈的。我将头转向车窗，眼睛盯着穿梭于树枝间的冬日暖阳。蛋黄般的太阳像一个跟屁虫似的追逐着罗灿的汽车，就像伍蒸蒸一样。

可要是伍蒸蒸是一个温暖的跟屁虫呢？

2

大学文传系第一次公共行政课上，辅导员点名签到的时候，一个叫张抗抗的女生名字夹在我和罗灿的名字之间。由于张抗抗这个名字有抄袭作家张抗抗名字之嫌，因此引起了到场同学的一片嘘声和一阵窃笑。而张抗抗左邻右舍的“雷妤声”和“罗灿”，却让两个名字的主人吓了一大跳。

一周后接下来的那次点名，我有意识地将眼里的鱼钩抛向应答“罗灿”的那个人，却看见坐在第三排过道座位上的他闭上一只眼，做出举枪的手势，对我发出无声的一记“砰”。

感觉自己脸上的法令纹即将加深成一柄勺，傻笑快要扩张为一个小括号的时候，我立马踩下表情刹车，慌乱间却触到了油门，于是，从我嘴里爆发出了一阵肆意的大笑。

坐在旁边的伍蒸蒸拿手肘用力捅了捅我。

天哪，我的失态和丑陋被他看到了吗？我急忙闭上快能塞进一个拳头的大嘴，强迫五官正襟危坐。

可我心里那个乐呵呀，就像冬日收到了一件包着红色卡纸，扎着绿色缎带，残余阳光温度的圣诞礼物，而寄礼物人的名字，在我心里盖了一个戳。

课后，我眼见着罗灿朝我走来。

三十米。是给他一个久别重逢后的夸张熊抱？

二十五米。只是矜持、庄重地将头点得像一个大家闺秀？

二十米。冷漠地注视，小幅度地抽动右嘴角，算作招呼？

十米。说罗灿，你好？傻到家了。

五米。得了，微笑着说“嗨”就好。

“嗨。”罗灿微笑道，眼睛看着伍蒸蒸。

3

“雷妤声，我早想说了。”罗灿拿起桌上油腻的搪瓷罐，往自己碗里加了一大勺蚝油，故意卖起了关子。

再次见到罗灿时，大一上学期已经耗掉了三分之一。

此时，我和他坐在成都一家老革命主题火锅店里，周围是身穿墨绿色军装、戴着八路军帽、托着餐盘的年轻男女服务员。也许他们再穿上一双草鞋或者布鞋，就能参加红色革命了。

我将碗里的红油倒去一半，做出成熟稳重的样子，看着他：“说吧。”

“你比以前好看多了。”罗灿几乎脱口而出，语气却近乎真诚。

“哪个女生没有发现正视自己的丑陋，并加以修饰美化的过程呢？”我笑望着他。事实上，这个问题的答案我早就想好了，以防身边的人问起。它就像一把回答人生无聊问题的备用钥匙，有点类似现下朋友圈流行的统一回复。

“你以前可丑了。头发不打理，油腻得跟我爸刚上过油的皮鞋一样。噢，皮肤也粗糙，难道你抽烟？”罗灿一手撑着头，一手用筷子搅拌着碗里的调料。

“不抽。”

“还有，你冬天也不穿袜子，光脚就伸进雪地靴里。”

“又不是光脚伸进雪里。”我不置可否，翻了下眼皮，“这你都知道？”

“当然，高中那会儿我一直观察你。我甚至想过，要是你没那么邋遢，稍微整理一下自己，说不定我会追求你。”

“你希望自己的女朋友光鲜漂亮？”我的心里有些失望，我怀疑眼前这个人没我想象中的那么有深度、高营养。

“任何人都希望自己的女朋友光鲜漂亮吧，不过我的要求略有不同。”

“你的要求是什么？”

“这个嘛，”罗灿灿然一笑，“不只光鲜漂亮。”

我在心里跟着罗灿窃笑。

服务员刚把牛肚、五花肉、鸭肠、鸡血、脑花端上桌，我就从座位上看见了出现在火锅店门口的伍蒸蒸。木门又矮又宽，伍蒸蒸个子娇小，加上穿着一件鲜红色的大衣，看上去就像贴在门边一侧的单幅对联。

“你的女朋友来了。”我喝了一口茶，脸上落下一块遮掩内心失望的正经幕布。

罗灿转过身，天知道他奉献给了伍蒸蒸何种爱慕表情或动情眼色。等他扭过头，在等待伍蒸蒸那段漫长的饭桌穿梭之旅时，他悄声对我说：“我和她还没交往，只是想试一试，处一段时间看看。”

“试一试？就像在商场试穿衣服一样？”我笑了，两眼盯着突出重围，朝这桌盈盈走来的伍蒸蒸。

“伍蒸蒸这人啊，是那种体贴得会帮我把大衣上的毛球一一耐心揪掉的女孩。”罗灿站起来，冲不远处的人露出微笑。

“等你哪天有了兴致，她一定是为你刮光腿毛的完美人选。”我也向伍蒸蒸抛出了一个微笑，遗憾的是，这笑容明显是假冒伪劣的礼貌，或是重如铅球，或是轻如鼻毛。

4

我怎么会坐在这里？瞧瞧眼前这些人，简直像挨了一顿臭揍后便立即找酒喝的傻瓜蛋。我坐在酒气冲鼻、烟气熏天的KTV包间里，有些气恼地在心底碎碎念。得了，高考这泡尿大家憋得太久，释放时间难免长点，我转念一想，眼睛无意在昏暗狭小的房间里撞见了罗灿。

他正靠在一个棕色的靠垫上，身子躺成一个“L”形，握在右手的啤酒瓶竖在分开的两腿间，动作的延伸意有些淫秽。他睡着了，一头仿佛柏树叶子尖的茂盛短发显得格外扎眼。

罗灿也在这里？我兴奋地环顾四周，下一秒却不无刻薄地想，他那个胸大得能直接搁桌上、脸小得能一巴掌拍上去的女朋友呢？

屋子里的人躺倒成了战后现场，我这才发现，众人皆醉我独醒的人只剩下我一个。

“雷好声，”包间的门忽然被拉开，探进了班长的脸，他将目光转向门口沙发上的罗灿，又看着我，“能把罗灿扶到路口，让他搭出租车回家吗？没喝醉的人不多了。”

“他女朋友呢？”

“刘婷已经被送回家了。”

罗灿是我的高中同学，在学习方面困难重重，在泡妞方面潜力无穷。整整三年，这个迷人的帅小伙都让同学们觉得爱情就住在他家隔壁，且每天为他敞开门，对他喊着“欢迎光临”。而那时的我，自认吃了长相的亏，便中了学习的毒。既然拿不出让人怦然心动的外貌，就捧出让人眼前一亮的成绩好了。这至少能让罗灿在班会课上，听到班主任念出排名靠前的我的名字。

什么是一见钟情？一见钟情或许就是微波炉响起的那声“叮”，提醒你有饭吃了，提醒你有人爱了。什么是暗恋？暗恋就是饭只有你一个人吃，爱人的感觉只有你一个人有。

出租车在深夜的街道上一路直行、畅通无阻，我脑海里杂乱的思绪却经历了一次史无前例的十字路口交通堵塞。

“师傅，去蓝焰旅馆。”出租车即将在下个路口右转弯时，我做出了决定。

“好。”司机的声音硬得像根骨头，想必早已见怪不怪。他头也没回地掉转车头，朝蓝焰旅馆驶去。

我看了看身边熟睡的罗灿，在心里笑骂自己道，老天啊，看来我是真的喜欢他。妈妈，请原谅，我已经满 18 岁了。

5

打开旅馆的门，将罗灿扔在窄小的单人床上后，我掏出他裤袋里的钥匙串，想了想，将它藏在了泡茶的烧水壶里。

我关了顶灯，将床边的壁灯调小，扯开窗帘，打开窗户，坐在临窗的一把椅子上，以晚风为枕，月光为被，痴痴呆呆地望着床上的罗灿，像极了一棵树、一团云、一块岩。

罗灿醒来的时候，我已经在椅子上睡了过去。听到耳边有人叫我的名字，我才从恍恍惚惚的梦中脱身而出。

罗灿望着我，一脸浅笑。

像曾经无数次一样，见到罗灿的那一刻，他就一脚踩在了我心的水潭上，溅起阵阵心跳，圈圈涟漪荡出无尽想象。看着眼前的罗灿，我惊讶此刻的他带给我的感觉一如既往，哪怕他眼角挂着眼屎，张嘴呼出的气体带有酒气和口臭。

“雷妤声，”罗灿在旁边一把椅子上坐下，手里摆弄着一个有缺口的茶杯，“我第一次见到一个女孩子睡觉时，既打鼾又磨牙的。”

“你不也一样，兼有口臭和狐臭啊。”

我俩的语气像极了生活了二十几年，深谙对方私人缺陷的老夫老妻。

“几点了？”

“快五点了吧。”我望了望窗外发白的月亮，仿佛那上面画着时分秒针似的。

“雷妤声，我第一次见到这样的你。”罗灿的眼睛快速地扫过我的脸，蜻蜓点水般。

“打鼾和磨牙的我？”

“不是，”罗灿笑，“放松、随性，不像平时那样总是拧紧发条，严肃认真的你。”

可罗灿是否放松过头了？高三那年，他和刘婷的恋爱众人皆知。学校里的图书馆、食堂、教室、走廊、体育馆，甚至小卖部外的阳伞下，都成了两人的约会地点。况且，两人不是十指相扣、双目对视那种一般情侣的约会，而是“管不住我的嘴想吻你，管不住我的手想摸你”那种赤裸裸的亲热。同学们像看喜剧一样观察着这对学生情侣的调情方式，班主任则毫不迟疑地通知了双方家长，打定主意让这出喜剧变成悲剧，让这两个原始人把学校当成学习的圣地，而不是亚当和夏娃的伊甸园。无奈罗灿的爸爸是当地有头有脸的政府官员，忙于工作的他只是警告了罗灿几句，便一副“我有更重要的事儿要办”的样子钻进了停在校门外的汽车。

“我是没你那么潇洒啦，人生对我来说就是一道难解的题。”哎哟，蠢死了，我在心里直嘀咕，但泼出的水装不进桶，说出的话收不回嘴了。

“你才多大，及时行乐，赛日 the day 啊。”罗灿惊叹道。

“是 seize，不是赛日，”我纠正他，“顺便说一句，其实，今天是我 18 岁生日。”

“生日快乐！雷妤。”罗灿猛地从椅子里蹦起来，兴奋地在房间里踱了几步，“我送你蛋糕？礼物？或者，无数支丘比特之箭？”

“不用，你那箭使用次数太频繁，撒播面积太广了。”我对眼前激动万分的罗灿有些摸不着头脑。

“试一试吧，雷妤，”罗灿调情般地对我眨眨眼，“被万箭穿心的滋味不见得差，如果那些箭来自丘比特的话。”

“你干吗叫我雷妤？”我皱了皱眉，“从小到大还没人给我起外号的。”

“那我来打破它。”罗灿重新坐回椅子里，拿起热水壶和茶包，“雷妤，要不要喝杯醒酒茶？”

钥匙串在壶里翻滚了一阵，屋里的空气静止了几秒。

“里面好像有东西。”罗灿晃了晃手里的热水壶，打开了它。

6

“好声，我是让你给我一张高清照片，而不是清高照片。”伍蒸蒸把一张一寸彩照拍在我的书桌上，转身走向了衣柜，“干吗露出那么一副表情，感觉下一秒你就要引爆地球似的。”

我捏起那张邮票大小的照片，打量起上面那张表情太过僵硬的脸，确实老气横流，装逼明显。

“那倒不至于，无非是在拍照时想起某人还欠我五百块钱，”我扭过头，看见伍蒸蒸正忙着把登山服、围巾、棉裤等衣物放进行李箱，她脚边的脸盆里，装满了八九双还没来得及搓洗的脏袜子，我忍不住补充道，“或者是想起为什么女生寝室也能臭气熏天。”

“你的嘴就是一个枪口，我说不过你。”和伍蒸蒸同住的两年，她早已习惯了我的调侃，也从不生气。

外人看来，伍蒸蒸还算是一个准美女，可只有我知道，她之所以比别人更美，是因为她站在化妆品的肩膀上。和很多爱美的女孩一样，伍蒸蒸热衷淘宝逛街、美甲美发、时尚杂志和情感话题，是那种不化妆不出门、不修图不发照、不恋爱不成活的普通女孩。但伍蒸蒸光鲜外表下的底色，是袜子多得臭不堪言才会洗，找不到的内裤会神奇地出现在枕头底下，嗑瓜子撒一地从不扫等如此个人不良生活习惯。

“准备好了吗？罗灿已经等在楼下了。”伍蒸蒸关上箱子，拎在手里。

事实上，跨出寝室门的那一刻，我还在犹豫要不要参与这次和罗灿、伍蒸蒸的峨眉山三日徒步旅。或许整座峨眉山都会嘲笑游客中的电灯泡？猴山上那些泼猴会把我视为备胎而抓破我的脸？但伍蒸蒸持有可享受两折门票的本地证件，还特意为我和罗灿从她亲戚那儿借了两张，只需在上面贴上自己的照片，冒充两天他们即可。我总是看惯了大厦，就想看大山。能省下几百块钱的好机会，为什么不抓住呢？可一路上看着罗灿悉心照顾伍蒸蒸的情景实在让人眼里落沙、心里发揪。没准我可以把宁宇飞叫上，那个戴着黑框眼镜、反应比他人慢一拍、总是以拍我屁股作为打招呼方式的计科系前男友？每冒出一个想法，我的脑海里就多了一条热带鱼，只可惜，它们只会把池里的水搅得更加浑浊。

此时，我包里的手机忽然一震，是一条罗灿的短信：雷妤，你必须来，蒸蒸不怎么擅长爬山。

让她把峨眉山当成你不就成了。我发送完这条短信，对着盥洗室的镜子理了理头发，好像不那么邋遢了。

7

在峨眉山脚的入口标志——秀甲天下瀑布前，罗灿、伍蒸蒸和我的背包被扔在相机镜头以外，鼓鼓囊囊的犹似炸药包。罗灿和伍蒸蒸在被可怜的拉来按下快门的路人甲前比起了“V”，我却不知道选择何种表情在脸上落脚，身体也慢慢变得僵硬紧缩。“咔嚓”声后的诞生物，是一张对比反差得让人尴尬的照片：罗灿的一只胳膊紧紧地环绕着伍蒸蒸的腰，另一只做出“V”的手夸张地伸到耳朵边，刻意营造出正欲剪掉自己耳朵的骇人效果。他嘴角带出的微笑倾斜得恰到好处，整个一个耐克标志。而塞在罗灿怀里的伍蒸蒸，则一脸幸福满足，灿烂的笑容仿佛会随时长出翅膀，飞出照片，凑到所有人耳边说一句：罗灿喜欢我。与这对情侣隔开几步的我，面无表情、身体笔直，像根可有可无的电线杆，像个无人理会的保镖。

罗灿和伍蒸蒸倒也没对这张照片做过多评价。很快，三人在寒风凛冽的12月缩着脖子，快速钻进街道边成排的一家商店里，匆匆购买了登山杖、冰爪、手套和绒线帽。几乎是带着对雪景和云海的莫名憧憬，三人兴致勃勃地迈出店门，重新置身于严寒中。

天空呈现出铅块状的灰，仿佛有人朝上面吐了一口黏乎乎的被冻住的痰，时而刮来的风是空气打出的一个个嗝，冷得我们直发抖。

开始登山前，大家上了一次洗手间。当我站在洗手间外，一边跺着脚一边往手上哈气的时候，伍蒸蒸忽然从屋里飞奔而出。她的两只手按着腹部，表情相当难受。她把我拉到一边，沮丧地告诉我说：“我来例假了。”

对此我一点儿也不惊讶，她不来例假我才惊讶。

8

下午五点过，被峨眉山著名的“九十九道拐”折磨得筋疲力尽的我和罗灿住进了仙峰寺。体力严重消耗，只剩疲惫外壳的我们甚至不愿多说一句话，登山初期对伍蒸蒸的担心亦化作脑海深处无力抓住的闪念。在仙峰寺前，我和罗灿扯下绒线帽，摘掉手套，几乎是在同一时刻冲对方露出了微笑，笑得不遗余力，笑得绝不偷工减料。

在寺里吃过十元钱的稀饭和咸菜后，我俩分别住进了宿舍式的单间客房。罗灿的房里挤满了六个同为登山爱好者的男生，而我的房里除我之外，还有两个重庆女孩和一个河南姑娘。房间极其简陋，木床坐上去便摇晃不止，被褥破旧潮湿。但好歹便宜，一个床位也就 60 元。

仙峰寺内有间灶房，房内有个四四方方的灶台，边长足有两米。灶台中央，不知是谁搭建了一个桥墩粗的铁皮圆筒，烟囱似的直通低矮熏黑的屋顶。房间里到处散布着木头和树皮。这里是旅客停留和取暖的好地方。

我和罗灿坐在靠近门的一张长板凳上，烘烤被雪打湿的旅游鞋。我们的周围，是身穿冲锋衣年龄不一的全国各地旅行者。

“给蒸蒸打过电话了吗？”我把身子往后移了移，灶口的火光有些晃眼。

“半个小时前就和她通过话了。她去市里买了痛经药，估计现在正躺在宾馆的床上，优哉游哉地吃着零食看着电视吧。”罗灿收回右脚，将左脚伸到灶台边。

“说不定还带了避孕套，却没想到最该带的是痛经药。”平静的火光和劈啪作响的悦耳木柴声并不能阻止我开玩笑。

没料到罗灿却笑了。他侧过头，望着我说：“干吗那么喜欢挑蒸蒸的刺呢？她哪里扎到你了？”

“噢，或许是因为她比我漂亮吧。”我说出了内心真实想法的一半，另一半则是，该死的，你竟被她化过妆的外表迷得神魂颠倒。

“肯定是因为我嫉妒她。”我坦白道，“以前在哪里看到一句话，好像是这么说的，‘我们之所以爱大自然，说不定是因为大自然既不憎恨我们，也不嫉妒我们。’真想成为大自然啊。”

罗灿用脚踢了踢我的鞋尖。“你现在很漂亮，”他笑着补充了一句，“虽然曾经的你有点丑。但时间是最牛逼的整容师，你甚至没花半毛钱。”

“你瞎眼了吧。”

“雷妤，等你哪天有自信了，我就娶你。”罗灿转过脸，目光盯着灶口，不再说话。

第二天一大早，我和罗灿收拾好行李，准备再次登山。离开仙峰寺之前，罗灿去寺内火柴盒大小的小卖部买了一包烟，和同行的几个登山青年分着抽了一会儿。

我闲着无聊，绕着寺庙的外墙走了一圈，最终在一块落满完整积雪的空地前停了下来。

顺着积雪往下望，我看到了蓝焰旅馆雪白的天花板，天花板下两双清澈透亮的年轻眼睛。

“雷妤，太阳落山以后干什么？”

“天知道。”

“估计是和月亮云雨一番，因为等会儿她还得上夜班。”

我笑了笑，随手捡起路边的一截树枝，在雪地上写下了“夕”“山”两个字。老天爷也休想知道我喜欢罗灿。

9

我找到伍蒸蒸的时候，她正坐在学校附近的一间小酒馆里，对着一瓶还未开启的黑啤发呆。一个月前，她从和我一同居住的双人宿舍里无故消失，翘掉了学校里所有的课，抛弃了所有昂贵化妆品和曾经每天都要把某个名字咀嚼无数遍的罗灿。

伍蒸蒸看着我在对面坐下，用手摸了摸好似拿直尺一根根画出来的黑色直发。未化妆的她皮肤有些粗糙，脸颊略微浮肿，嘴唇也不似从前那么水润柔滑，但她的身上多了一件挂有坚定和刚毅徽章的盔甲。

“恨我吗？”我握住桌上的啤酒瓶，轻轻一滑，瓶子溜冰似的靠近了伍蒸蒸几寸，“是想拿啤酒瓶砸我，还是启开瓶盖直接往我头顶上倒？”

“你怎么才来？”伍蒸蒸的语气像是在面对一个赴约迟到的朋友，“要是再早几天，说不定我会选择后者。”

我没说什么。我能说什么？

“我真他妈笨。”伍蒸蒸直直地盯着我的眼睛，“很久以前，我就发现了一件奇怪的事。为什么罗灿的淘宝、国美、亚马逊，甚至英雄联盟的注册账号都是‘你的名字怎么没长脚’。难道这名字不又臭又长又奇怪吗？”

我迎上她的目光，屏住呼吸等着。

“直到某天，我突发奇想地称呼你‘雷妤’，你说，别那样叫我，感觉我的名字少了脚似的。”伍蒸蒸轻轻吐出一口气，像一声伤心的叹息，“雷妤声，罗灿所有的账号密码都是雷妤。”

10

“对不起，行了吧。”汽车驶离高速公路不久，视线里开始出现林立的高楼和拱起脊背的立交桥。不远处的汽车时停时行，公路成了一条缓慢运输交通工具的传送带。在我和罗灿坐在车里，等待入城后的第三个红灯时，他终于解开了装满沉默的口袋，对我说了句对不起。可他敷衍的语气让我觉得，他是在打发一个缺爱的乞丐。

“不用说对不起，”我额头上的皱纹想必都快成车辙了，“把伍蒸蒸峨眉山脚下的合照删了就行。”

“为什么那么在意那张照片呢，到底为什么？”罗灿烦躁地按了几下喇叭。

这是我和罗灿恋爱的第三年。毕业后，我俩分别进入了传媒公司和广告公司工作，至今已有两年。到目前为止，我的手伸进兜里时，还能摸到让人安慰的人民币厚度，我的手牵起罗灿的手时，还能感受到内心深处添了一把柴火。唯一使我不快的是，罗灿的手机里仍然存有他、伍蒸蒸和我在秀甲天下瀑布前的合照。

而且，据我所知，他俩分手后依然保持着联系。那次峨眉山徒步之行，由于伍蒸蒸没能参与，属于她的照片只有山脚下这一张。她可以假装在峨眉山旅游，但不能假装她仍是罗灿的女朋友。

“不删说明你还爱她。”我就那么说出了这句毫无因果关系、愚蠢无比的话。爱果真使人盲目。我顺势强硬起来，“你真不删？”

“不删。”罗灿深吸一口气，调整语气道，“雷妤，爱情不在照片里。爱情在我传递给你的每一个眼神里，迈向你的每一步里，陪伴你的每个黑夜和白天里。你到底明白不明白？”

“不明白。不就一张照片吗？删！”我不想和他讲理，只想和他讲情。

“尊重过去而已。刻意往往意味着在意。”前方的绿灯亮了，可车仍堵着。

“所以你就能打我了？”

“什么？”罗灿转过脸，望着我。

“因为你觉得自己能像一个情感专家一样，把某类感情问题分析得像一篇深度报道，你就能打我了？”

“我说过对不起了！我打你是因为你轻易说出分手两个字。光是那个‘分’字，就足足给了我八刀。”罗灿伸出手，想摸摸我的左脸，被我躲开了。

像是挑衅或赌气似的，我开门下了车。罗灿正要拉住我的时候，后面的喇叭声响起，车辆早已疏通了。

11

成都的冬日街道是一张刮过胡子、时刻保持清洁的脸，哪怕沿街银杏叶落成满地金黄，不久也会被勤劳的环卫工人很快清扫掉。我沿着宽阔干净的街道走了很久，头顶上难得悬挂着的那一小团太阳，好似被罩进了玻璃外壳已经模糊变灰的煤油灯里，光线极其微弱。

我不能接受爱情里的缺陷，犹如不能接受冬日里没有阳光。可哪有什么完美的爱情，只有完整的爱情。在爱情面前，你不能等做好了准备才上场。这也是我和罗灿花了这么长时间才走到一起的原因。接受爱情带给你的喜怒哀乐，应该像接受春夏秋冬一样自然才对吧。每个人在遇到对的人之前，心中都只是一块贫瘠之地，那么，任意一段认真而诚意的感情，就算是一场失败的收获结果，但也算是一次成功的播种过程吧。我一边这样想着，一边走进路边的一家便利店，买了两杯热奶茶。

便利店旁伫立着一幢专卖手表的大楼。我想了想，走了进去，刷信用卡替罗灿买了一只手表。手表是珍惜相爱时间的隐喻。

刚出商场，我就收到了一条罗灿的短信，除了他的支付宝账号和密码以外，还多了一条密码提示，一条最浪漫的爱情注解。

罗灿出车祸的时候，我正提着两杯热奶茶和装有手表的纸袋，怀着第一次恋爱时的心情向他奔去。身后的太阳正一点一点地收回地面上的光斑和光束，渐渐沉落西方。

12

年前，我去了一趟莲花公墓。在罗灿的墓碑前，我放下了那只买给他的手表，还难得地坐在他的墓前抽了一支烟。

我曾经以为我和罗灿永远不会分开，就像船与海、土与根、脚与路；如今我才明白，世界上没什么分不开，终有一天，船会搁浅，脚会离开路，根会从土里拔出。但值得庆幸的是，船会记得被海捧进手心的温柔与抚触，脚会怀念被路托起的踏实与平和，而根会想起被土围住的滋养与保护。

可是，再也没有人问过我太阳落山以后会干什么，再也没有人叫过我雷好，事情抬脚和收脚的地方都只存在于蓝焰旅馆内。

那天，我 18 岁生日，我鼓起勇气，密谋了将我和罗灿置于旅馆内的二人世界。他发现热水壶里我藏起来的钥匙后，并没多问和多说什么。第一缕曙光出现在天空一角时，罗灿和我并肩躺在床上，不说话，躺着就好；不做爱，沉默就好，好似寂寞牵起了温暖的手，陌生搭上了陪伴的肩。期间，罗灿的脚不小心碰到了我的脚，那一刻，我觉得我们是风中无意间靠在一起的两朵花。

太阳落山以后干什么？估计是和月亮云雨一番，因为等会儿她还得上夜班。

你的名字怎么没长脚？因为它的脚已经落在了我的心里，像一个完美的 360 度腾空翻转，像一次迷人的心跳。

丢失的妹妹

我曾有过一个妹妹，最后却丢失了她。

妹妹刚出现在我家客厅时，像一株将所有叶子都收拢起来的羞答答的盆栽植物。

舅舅站在妹妹身边，推了推她的胳膊，轻声命令道：“快，喊姑姑和姐姐。”言毕，舅舅抬起庄稼人那张特有的饱经风霜的脸，冲我和我妈笑了一下。

妹妹低着头，双手揉搓着衣服，没有说话。

我一眼就看见了妹妹那严重缺乏营养的黄色稀薄头发。一条犹如小河般醒目的白色头皮，将妹妹的头发从中间分开；“小河”左右两边分别挑出两小绺，扎成冲天炮式样的发型，好比河两边栽种了四棵枯黄的小树。仔细看过去，妹妹垂下眼睛，露出的睫毛也是黄色的。

就是这样一个妹妹，就是这样一个从今往后要住在我家，直到长大成人的妹妹。

我妈抬手摸了一下妹妹的头，体谅地对舅舅说：“没关系，孩子还不适应新环境，慢慢来。”

我妈转过头，又吩咐我说：“去，汤圆，给妹妹倒杯果汁。”

“妈，我已经告诉你一百八十三遍了，别叫我汤圆。”那时我刚进入青春期，全身变得浑圆肥胖，加之皮肤白、身材矮，便有了“汤圆”这一绰号。

“汤圆”这个名字兴许有致命的魔力，刚才还不甚羞赧的妹妹以子弹出膛般的速度，瞬间抬起了头。

妹妹的眼睛又大又漂亮，比《还珠格格》里小燕子的眼睛还大还漂亮，我和我妈都看呆了。

妹妹咧开嘴对我笑，拉出了左边嘴角处那个浅浅的酒窝。

“汤圆姐姐！”妹妹的声音又脆又甜，犹如刚上市的新鲜脆枣。

“谁是你的汤圆姐姐？！”我眉毛一挑，没好气地冲妹妹喊道。

“小丽，没礼貌！”舅舅怒斥妹妹一声。

妹妹的大眼睛忽闪了几下，眼里的光如调低台灯开关般暗了下去。她重又低下头，继续摆弄着衣服上那块颜色洗得发白的布料。

妹妹上身穿着一件枚红色的布衫，脖子上挂着一根红线；一枚一分硬币被打了孔，晃晃荡荡地吊在红线上；妹妹脚上那双黑布鞋都脱线了，或长或短的线头从鞋子四周冒出来，如同铺在地板上的根须。妹妹的穿着打扮不仅土里土气，还透出一股乡下人的汗渍味。

真是活生生的一枚旧纽扣。我心想，撇了撇嘴。

“没关系，以后就是姐妹了。都是一家人，谈礼貌多见外。”我妈蹲下身，拉过妹妹的手，看着她的眼睛说：“你身材瘦小，以后我就叫你筷子吧。汤圆和筷子是一对姐妹，你说好不好？”

妹妹抬起眼睛，郑重地点了点头，感激的眼神犹如正在接受一件珍贵礼物。

我妈别过脸来看向我：“汤圆，筷子以后就是你妹妹了。”

汤圆和筷子，姐姐和妹妹。仿佛这样称呼，我就和她有点联系似的。我一边这样想着，一边反感地掉过头去。

妹妹的转变最先发生在头发上。一个月后，妹妹那一头枯黄如干草的头发忽然变得乌黑发亮，发丝变粗，发量也渐渐增多，变得茂盛浓密起来。妹妹大眼睛下的睫毛又密又翘，还由黄色变成了黑色。这些天里，妹妹在农村生活时所缺的营养，在我家里完成了全面补充。我妈带妹妹去了理发厅，替她换了一个波波头，剪了好看的齐刘海。再次打量妹妹时，她已经由一个彻头彻尾的乡下丫头变成了一个像模像样的城市女孩，至少外表看是这样。

由于从小在乡下长大，妹妹的勤劳和踏实让城里的大人都自叹弗如。妹妹不仅会帮我妈做饭洗衣，打扫卫生和整理内务也样样在行。偶尔我故意给她脸色看，对她提出无理要求，让她帮我拿拖鞋、倒果汁时，妹妹也从不生气。

可我依然不能把妹妹纳入我的家庭成员。我觉得，她不过是一个被我们家领养的孩子，一个暂时寄存在我家的包裹。

“我觉得，筷子这孩子挺完美的。”有天，妹妹、我妈和我坐在餐桌前吃晚饭，我妈夹了一只鸡腿给妹妹，忽然说了一句。

“姑姑，世界上不存在完美的人。”妹妹的语气格外肯定和认真。

“为什么？”我妈问。

“因为完美是秩序和和谐的呈现，是强制力的结果。自由的人类不会期望这样的结果。”妹妹红了脸，低下头喃喃道，“其实，这句话我也只懂一星半点儿。”

我妈惊讶得张大了嘴：“你从老师那儿听来的？”

“不是，”妹妹说，“汤圆姐的书架上有好多书，我在一本书里看到的。”

“谁让你不经允许看我书的？”我的脸瞬间沉下来。

“你还别说人家筷子，”我妈立马打断我，“你那拼命买书的劲儿，哪比得上筷子抽空看书的劲儿。书放在书架上不是为了装样子的，一本一本吃透了再继续买，别老是囫囵吞枣。”我妈用食指关节在我桌前敲了两下，“说你呢。”

我长久地瞪着坐在对面的妹妹，猛地站起身，说了一句：“不吃了。”

我妈也站了起来，指着我骂道：“不吃拉倒！指出你缺点你还不接受了是吧？错就是错，该向筷子学习就得向筷子学习！”

我甩开椅子，斜了一眼妹妹，冲进了卧室。

晚上 9 点到 11 点，我一直躺在卧室的床上，悲伤地感受着双重委屈。一来委屈我妈偏袒妹妹，诋毁自己；二来委屈了自身的肚子和肠胃。确切地说，随着时间的推移，后者更甚。毕竟我是一个食欲旺盛的胖女孩。

数不清在床上翻了多少次身，我终于忍不住爬下床，决定去厨房冰箱里找找可以充饥的食物。

走到厨房门口的时候，我瞧见了一片光。那片光从冰箱里透出来，将一个小小的身影罩在了里面。

是妹妹！

妹妹让冰箱门大开着，伸手在里面翻找着什么。我略作思考，决定躲到暗处，静观她的一举一动。

一番搜寻后，妹妹拿出了一大块巧克力。

妹妹蹲在冰箱前，轻轻地剥开了巧克力外面锡箔纸的一角。轻微的“哔啵”声在她手里响起。看得出来，妹妹在竭力控制着声响。接着，妹妹轻轻地掰下一小块——也就指甲盖大小的巧克力，将巧克力小心翼翼地含进嘴里，抿了抿嘴唇，脸上浮起幸福的笑意。

我在一旁看呆了。一个人居然能如此珍惜、如此幸福地吃一小块巧克力！

待妹妹把巧克力重新包进锡箔纸，准备放进冰箱里时，我几步上前，一把夺过妹妹手里的巧克力：“好哇，你这只小白鼠！不好好吃饭，半夜三更居然偷吃巧克力！难怪说自己不完美呢，看我明天不告诉我妈。”

妹妹站起来，惊讶地退后了几步。她靠着墙壁，可怜巴巴地对我说：“汤圆姐，我饿。”

“你饿？晚餐时，你的碗里可是有一只肥鸡腿！我可什么也没吃！”我生气又委屈，拿着巧克力离开了厨房。

第二天一大早，我就将妹妹半夜偷吃巧克力的事情告诉了我妈。当然，我没说最后自己把剩下的巧克力全吃光了。

我妈听完后，朝妹妹的卧室喊了声：“筷子，出来一下。”

我在一旁幸灾乐祸地等着。

妹妹出来了，一手拎着书包。她总是将书包提前整理好。

“筷子，我要告诉你两件事。”我妈在妹妹面前蹲了下来，“第一，想吃巧克力的话，可以告诉姑姑，姑姑给你买，但要保证好好吃饭。巧克力是零食，不能多吃。”

一听这话，我的脑袋瞬间蒙了，脸也气得由白转红。

我妈接着说：“第二，昨天汤圆姐姐不吃晚饭，是她的错，和你无关，你不需要为她的生气负责，不需要陪着她一起不吃饭，明白了吗？”

妹妹一言未发。

我走到妹妹面前，假装亲热地拉了拉她的手，说了声“走吧，上学要迟到了”。

那时我的班里有三个男同学，姑且叫他们甲乙丙吧，总是针对性地朝我“开火”。所谓“开火”，就是三人在上学、放学路上看见我时，都会产生条件反射，整齐一致地对我喊口号。领头的甲同学先吹一声口哨，接着大声数出“一，二，三”，话音刚落，做好准备的乙同学和丙同学就会跟着甲同学齐声高喊：“秦岚雅，大肥鸭！秦岚雅，大肥鸭！”

平常我总是微低着头，对三人的喊叫不理不睬，直到那天早上，我例外地和妹妹一起上学，这情景被妹妹撞见。

那天在校园门口，甲同学一个箭步冲到我面前，一边退着步子走，一边吹了一声异常响亮的口哨。

“一，二，三——”甲同学高喊，乙同学和丙同学已经做好了喊“秦岚雅，大肥鸭”的准备。

三人刚喊完一遍，我发现妹妹已经站在了我和甲乙丙三人之间。妹妹几乎是用尽全力，尖叫着对甲同学吼道：“不准欺负我姐！”

甲同学愣了一下，仿佛打量外星生物一样瞟了一眼妹妹，不屑地对她摆了摆手：“小不点儿，一边去。”

“我再告诉你一次，不准那样叫我姐！”妹妹睁大双眼，怒视着甲同学，好似一支架在弦上的箭，随时准备攻击对方。

乙同学和丙同学围了过来。

“小丫头，这儿没你事。一只小麻雀，还想保护一头大象吗？”乙同学威胁道。

妹妹毫不畏惧地上前一步，厉声说：“只知道欺负女生的软蛋，我才不怕你们！”

越来越多走进校园的同学围拢过来。甲同学害怕事情闹大，朝其他两人做了个手势，三人撤了。

过了好一会儿，我才发现自己和妹妹仍然伫立在原地。

“汤圆姐……”良久，妹妹喊道，声音很轻，仿佛害怕惊扰了校园里的风。

“你以为你很了不起是吧？”我咬咬牙，紧盯着妹妹的眼睛，又重复了一遍，“你以为你很了不起是吧？”

很快，我移开眼睛，说了一句：“我不是你姐姐。别叫我姐姐。”

“姐……”妹妹刚吐出这个字，就用手捂住了嘴，大眼睛里的光如同一棵树轰然倒塌，转而填满寂寞和失落。

妹妹转过身，拖着细长瘦弱的身体，朝初一二班的教室走去。

那件事情以后，我做出了一个决定。我决定将妹妹——这个全身上下散发着光芒，刻着丰功伟绩的丰碑推倒。

经过一周的深思熟虑，我想出了一个推倒妹妹的方法。

某个周六上午，我钻进了我妈的卧室。我一直记得，她常把零钱放在梳妆台的第一个抽屉里。果然，一小沓纸币静静地躺在那儿。

我从里面拉出一张面值 100 元的纸币，揣进裤兜里。只要想想几分钟后，这张百元钞会溜进妹妹的衣兜里，我就觉得莫名的紧张和兴奋。

周五晚上，我妈特意为妹妹买了一套新衣服，让她第二天穿着迎接舅舅。由于妹妹的卧室太小，装着我俩衣服的衣柜便搁在了我的卧室里。自然，妹妹那套新衣服也挂在了里面。周六上午，我妈一大早就去了汽车站接舅舅，妹妹则在餐桌边写作业。

趁妹妹还没把新衣服换上，我得赶紧将嫁祸于她的“赃款”转移到她新衣服的兜里。我这样计划着。

结果，计划却出了岔子。

我刚走出卧室，就看见大门打开了。我妈和舅舅走了进来。

“汤圆，傻愣着干什么，跟舅舅打招呼。”我妈见我发愣，瞪了我一眼。

“舅舅好。”我心神不定，脑子变得异常恍惚。

“好好好。”舅舅笑眯眯的，“小丽有没有给你捣乱啊？”

“妹妹很好，在写作业呢。我这就去把她叫来。”我刚迈开步子，就听见背后妈妈的声音：“我去拿点儿零钱，让汤圆去超市买点孩子们喜欢吃的零食。”

事情发生得太快了，我甚至还没来得及思考如何处理偷来的一百块钱，我妈就已经发现了。

“汤圆，把筷子叫来。”一分钟后，我妈从卧室走出来，脸上结了一层霜。

我和妹妹并排站在客厅中央，像有待审问的犯人。舅舅在一旁百思不解地看着。

“说吧，我梳妆台抽屉里的那张百元钞票，姐妹俩谁拿的？是单独行动，还是共同作案？”我妈扫了一眼我和妹妹的脸。

我太紧张了，无意识地用右手碰了碰裤兜。我的这个动作极小极快，但还是被我妈看到了。

“汤圆，过来。”我妈冷不防地命令道。

我一愣，边走边摇头否认：“我可没拿，我绝对没拿。”

我妈从我裤兜里掏出了一百元。

我的脸涨得通红，舌头在嘴里不停地打颤。我慌了神，不知怎么就将这些话说出口了：“是妹妹，妹妹干的，妹妹放我兜里的。”

妹妹惊愕地抬起头，受伤的眼神只在我的眼里闪过一秒。接着，我听到一个微弱的声音在耳边响起：“姑姑、爸爸，是我偷的，我承认。”

我妈脸上先是浮现出不可置信的表情，而后渐渐转变成不解和失望。

老实的舅舅顿觉羞愧难当，喃喃地对我妈说：“姐姐，对不起，小丽居然做出这种事。我重新考虑下，明天就把她带回乡下吧。或许还是乡下适合她……”

我没勇气抬头看妹妹一眼。我低下头，用手不断地揉搓着衣服的一角，像妹妹刚来时一样。

当天夜里我发烧了，一边发烧还一边做梦。

我梦到自己跑到妹妹跟前，一件事一件事地向她忏悔。我告诉妹妹，自己是个懦弱胆小的姐姐，心底其实非常佩服她的勇敢和坚强；我向妹妹倾诉，自己假装不接受她，只是惧怕她抢了自己的风头，取代了在我妈心目中的位置；我对妹妹承认，自己不仅见识短、小心眼，还自私又胆小，无能又好妒。

“你是我见过的最勤劳最大方最勇敢最宽容的好妹妹。”我拽着妹妹的衣角，乞求她的原谅。

梦里的妹妹一直背对着我，缄口不言。忽然，妹妹猛地挣脱出我拽着她衣角的手，头也不回地朝前一直走，一直走，细小瘦弱的背影越来越模糊……

我醒来后，满脸是泪。我想起舅舅今天会把妹妹带回乡下的事，爬下床喝了两包感冒冲剂，掏出身上所有的零花钱，抓起外套就朝门外跑。

来到汽车站的时候，我看见了刚走出候车厅的妈妈。

“妈，妹妹坐的汽车出发了没？”我气喘吁吁地问。

“估计还要几分钟，你怎么想着来送筷子了？”我妈觉得奇怪，“哎，你手里的盒子装着什么啊？”

来不及向我妈做过多解释，我重新奔跑起来。

当我到达目的地的时候，车站已空空荡荡。

一辆汽车忽然从我身边驶过，妹妹从窗户里探出头来，大喊了一声“汤圆姐”，声音又脆又甜，像刚上市的新鲜脆枣。

可妹妹不在最后那辆驶出车站的汽车里，我失去了最后的希望。

我蹲下身，扯掉盒子上面的缎带，打开盒盖，看着里面大颗大颗的巧克力掉眼泪。

我拿出一颗巧克力，剥掉锡箔纸，含在嘴里，喃喃地说：“我是汤圆姐姐，你是筷子妹妹。汤圆和筷子是一对好姐妹，你说好不好？”

我曾有过一个妹妹，最后却丢失了她。

Chapter 02

像你一直期待的那个样子

家常菜的故事

某次朋友请我去一家餐厅吃饭。我打开菜单翻来覆去地看，和每一道菜名大眼瞪小眼：风肉香莲藕、番茄山药煲排骨汤、青柠檬拌猪手、尖椒盲鱼肚……

我问朋友："有没有蒜苗回锅肉？"

朋友翻我一个白眼："就这点出息！"

然后他开始翻着菜单给我介绍，这个，龙须丝，特别有名，是这家私房菜的主推款；那个，培根虾，一百个人里九十九个说好。

我任性地说："这个那个，都不是我要的。我就爱吃蒜苗回锅肉。"

朋友皱眉："家常菜有什么好吃的？"

我想了想，笑着对朋友说："要不，我给你讲几个家常菜的故事？"

朋友说："好。"

番茄煎蛋面

番茄妞和煎蛋仔是我们朋友圈里公认的模范情侣。两人从高一的时候就悄悄谈起了恋爱，一恋四年，不仅躲过了班主任无数次棒打鸳鸯的清理活动，还以优异的成绩杀出了血雨腥风的高考。大家都觉得，他俩是生命共同体，携程网的最佳广告代言人，会一路携手走过人生的旅程，看对方两鬓斑白，看四季更迭轮换。

番茄妞之所以叫番茄妞，是因为她老爱脸红，还特别喜欢吃学校食堂里的番茄煎蛋面。念高一时的某个下午，一个青春阳光的大男孩坐在番茄妞旁边，看了看她吃面的样子，忍不住也叫了一碗。

男孩将面条吸得哧溜响，吃着吃着心脏就开始扑通猛跳。一抬头，番茄妞正看着自己，脸上那片红色好看得像是刚从夕阳里提炼出来的。

"好吃吗？"番茄妞笑了，问男孩。

"面好吃极了，人也好看极了。"木讷口拙的男孩，嘴上之所以抹蜜，是因为心上有你。

"我叫番茄妞。"

男孩思索片刻，决定给自己取一个新名字："我叫煎蛋仔。"

末了，煎蛋仔忘了自己是先喜欢上吃番茄煎蛋面的，还是先喜欢上番茄妞的。不过这也没关系，和煎蛋仔预料的一样，番茄妞和他在一起了；和煎蛋仔希望的一样，通过一碗面，番茄妞的名字和他的名字排列组合到了一起。

高中毕业以后，番茄妞和煎蛋仔考入了同一所城市的不同大学。每个周末，煎蛋仔都会去番茄妞的学校。三餐里，两人总有一次会吃一顿番茄煎蛋面。毕竟，这道简单的菜色不是什么新技能，任何学校的厨师都极易 get。

两人的恋爱谈得不温不火，却也细水长流。

煎蛋仔最喜欢带着番茄妞去她学校后门的小吃一条街。他喜欢看番茄妞吃下三串变态辣鸡翅，辣得涕泪横流；喜欢看她在一口吞下大半个煎饼时再猛灌一听可乐。煎蛋仔是一个通过满足番茄妞食欲，来表达他喜欢她的男孩。她一口一口吞下的食物，是他一点一点给出的爱。

大一下学期的时候，有个叫邹雅男的男同学转系到番茄妞的班里。

邹雅男的身材挺拔如柏树，皮肤白皙如荷花，浓密的黑睫毛下生着一对小鹿般清澈透明的眼睛。他的身上，有种细细瘦瘦摄人心魂的美。只是这个邹雅男同学，一点也不爱笑。仿佛优雅庄重的背后，必须挂上一副不能喜形于色的锁。

班里的很多女生都喜欢这个翩翩美少年，时刻注意着他的一举一动。据说他还弹得一手好吉他，歌喉出彩、歌声动人。

就算那样，番茄妞也只是不屑地对室友撇撇嘴，评价邹雅男说，如此文艺帅气的少年，只能成为所有人共享的风景，不能成为一个人独享的盆景。

可偏偏这处风景，只愿为番茄妞一人开放。

在学校举行的校庆文艺演出上，站在舞台上抱着吉他大声弹唱黄家驹《喜欢你》的邹雅男第一次笑了。对番茄妞笑了。

邹雅男的笑就是珍藏百年的泸州老窖，因为难得，所以开封后特别香，开启后特别美。番茄妞触电般被击中，全身上下体会到一股前所未有的震撼。

没过多久，番茄妞开始和邹雅男一起吃饭。

邹雅男的饮食习惯和他整个人一样阳春白雪。他总是带番茄妞去高档餐厅吃西餐。由于邹雅男爱吃意大利面，番茄妞忍不住给他取了个外号，就叫“意面男”。

煎蛋仔从番茄妞第一次拒绝去学校食堂吃番茄煎蛋面的那一刻起，就明白番茄妞已经换了胃口。

番茄妞提出分手时，煎蛋仔说了一句奇怪的话。他对番茄妞说：“去玩吧，开心点儿，记得回来。”

某次，番茄妞在饭桌上问意面男：“你到底喜欢我什么啊？”

“因为你是第一个不注意我的女生啊。”意面男不假思索地回答道。

听完他的话，番茄妞就觉得什么地方不对劲儿了。

和意面男相处的这段时间里，番茄妞再也没享受过以前那种肆无忌惮的放纵。她曾经喜欢番茄煎蛋面、变态鸡翅、煎饼和可乐，而且可以不顾瞠目结舌的他人，梁山好汉似的大声咀嚼、大口吞咽。可现在，她正坐在不喜欢的地方，吃着不喜欢吃的意大利面。

番茄妞烦躁地思考着，手里的叉子搅烂了盘子里的意大利面。

“意面男，我是左撇子还是右撇子？”番茄妞突然问。

“啊？”对面的人吃了一惊，看了看番茄妞拿叉子的左手，回答道，“左撇子。”

番茄妞严肃地望着他。

意面男急忙改口：“右撇子？”

番茄妞放下叉子，用双手蒙住脸，继续问：“我的左脸上有三颗痣，还是右脸上有两颗痣？”

意面男犹豫着说：“右边有两颗痣吧。”

番茄妞放下手。她的脸上一颗痣也没有。

意面男无所谓地耸耸肩，说了句：“无聊的小游戏。”

“既然你觉得这是游戏，那姑奶奶宣布，我要退出！”番茄妞拎起包，走之前，转身假装潇洒地对意面男说，“其实，我左右手都能用。”

别说追上来，意面男甚至没站起来。

刚走出西餐厅，番茄妞就哭得差点儿岔气。

番茄妞没哭意面男，番茄妞是哭自己。她觉得自己真傻啊。一个都懒得注意你的人，又怎么可能在意你?

几个月后，番茄妞忽然想起煎蛋仔那句奇怪的话：去玩吧，开心点儿，记得回来。

她哭着想明白了一件事：世界上还有个傻瓜，在等着她。

番茄妞赶到煎蛋仔学校食堂的时候正是午餐时间。

番茄妞去窗口处点了一碗番茄煎蛋面，在吵闹的食堂里找到煎蛋仔的时候，她的眼睛亮了一下，又立马暗了下去。

煎蛋仔正吃着番茄煎蛋面，右手边还摆了一碗。

番茄妞看到一个长相可爱的女生拍了拍煎蛋仔的肩膀。

番茄妞看到那个女生坐在了煎蛋仔的对面。

番茄妞手里的面不自觉地滑了出去。

“哎，同学，注意点儿嘛。好好的一碗面，太浪费粮食了！”负责食堂卫生的大妈拿起扫帚和簸箕，一边扫地，一边责怪番茄妞。

大妈声音高亢，吸引了不少正在吃饭的同学。

番茄妞还没反应过来，已经被一个人拉到了餐桌前。

番茄妞看到餐桌上摆放着两碗番茄煎蛋面。

番茄妞看到那个长相可爱的女生就坐在对面。

煎蛋仔对女生说："这是我的女朋友番茄妞。她玩心大，人也调皮，前阵子离家出走了。不过，现在她回来了。"

女生没说话。

煎蛋仔有点儿尴尬，接着又说："我真不是神经病，也不是为了搭讪其他女孩。我每次点两碗面，只是为了等番茄妞回来一起吃。"

说完，煎蛋仔端起一碗面，刚递到番茄妞面前，端着碗的手又缩了回来。

"面还没拌。"煎蛋仔想起似的说。

等面拌好，煎蛋仔端起那碗面，刚递到番茄妞面前，端着碗的手又缩了回来。

"面冷了。"煎蛋仔说，"我重新给你买一碗吧。"

看着煎蛋仔的一举一动，番茄妞的眼泪赶集似的流了一拨又一拨。

她不知道说什么，只好又哭又笑地骂道："每次都点两碗面，太浪费粮食了！"

青椒肉丝

大学毕业那年，简小姐受够了成都各个侧面展现出的休闲之气和娱乐之风。

她怀疑自己会在这儿吃喝玩乐、混吃等死一辈子。

简小姐躺在床上辗转反侧了整个夏天，像个被绷带勒得透不过气来的木乃伊。七月下旬，她揣着五千块钱，拉着行李箱走进候机楼，和给自己送行的男朋友阿牟告别。

大楼墙壁上挂了个轮胎大小的钟，简小姐恨不能用手把指针拨弄几下，内心的兴奋喜悦早已将离别愁苦推到一边，让它成为可有可无的背景音乐。简小姐的心早已飞到了北京。

阿牟见到简小姐后，也不多说什么，只顾着帮她提箱子买水，一会儿又说飞机餐不营养，硬拉着她走进候机楼旁的一家中餐馆。

阿牟点了简小姐最爱吃的青椒肉丝。

简小姐食不知味，她早就恨死了成都这个“嘴文化”之都，生活和话题永远围绕着吃、吃、吃。

“味道不错，可惜少了豆瓣。”阿牟夹了一筷子青椒肉丝，尝了一口说。

阿牟是一名餐厅的主厨，手艺炉火纯青，做出的菜特霸道。照一位客人的说法，吃一口阿牟做的菜，舌头一秒直奔高潮。

吃货朋友们都羡慕简小姐，简小姐却认为自己已经吃够了、吃胖了，更吃怕了。毕竟，她一天待在餐桌前的时间撑死不超过三个小时，人生中还有比吃更重要的事。

简小姐没动筷子，站起来对阿牟说：“我走了。”

阿牟回：“嗯。”

阿牟的话特别少，可以说一个词就不说一句话，可以说一个字就不说一个词。

简小姐说：“再见。”

阿牟回：“嗯。”

简小姐飞去了北京，阿牟留在了成都。

两人都没提分手，算是默认了异地恋。

半年后，简小姐已经熟悉北京的每一寸肌肤，大到旅游景点和城市地标，小到小众路线和街角弄巷。

一年后，简小姐凭着过人的天赋和惊人的业界成绩一路攀升，成为某公司的营销总监。

简小姐越来越忙，和阿牟的交流也越来越少。两人的生活无法接壤，只能成为两块越漂越远的大陆板块。

时间久了，开始有更多的人追求简小姐。来北京以后，简小姐见过各色各样的人，经过太多的大风大浪。眼睛喂饱了，心却空了出来。那些急于住进简小姐心里的人，都让她觉得不自在。心软不下来，心跳不起来，怎么能称为爱？拒绝人的次数多了，简小姐开始觉得自己的生活和身体硬邦邦、冰凉凉的，像铁，刀枪不入；也像机器，效率高但感情少。

某天，简小姐一个人去楼下的餐馆吃饭。由于经常加班，简小姐几乎都在公司附近和同事们解决一日三餐。

很巧，是一家川菜馆。

简小姐点了一盘青椒肉丝。

青椒肉丝刚触到舌头，简小姐的记忆就被激活了。阿牟像匹破门而入的野马，在她的脑子里肆意打转。

青椒肉丝从舌头滑入喉咙，掉进胃里时竟化作一只手，抚平了简小姐所有的焦躁和不安。

放下筷子，简小姐才发现，泪水已粘了一脸。

站在门边收钱的服务员是个二十来岁的小青年。小青年被简小姐的样子吓着了，几步走到她跟前，慌忙问："美女，你没得事吧？"

简小姐在心里骂了一声：操，这小青年说的是四川话。骂完后哭得更厉害了。

"青椒肉丝不好吃？"小青年问，看了看简小姐面前的菜。

"味道不错，可惜忘记加豆瓣了。"简小姐擦了擦眼泪说。

"没忘，"小青年辩解说，"北京怎么可能有豆瓣嘛，豆瓣是四川的嘛。"

简小姐想，是啊是啊，北京怎么可能有豆瓣，北京只有豆瓣网。

那以后，简小姐开始经常去楼下的川菜馆吃饭，去的次数多了，和小青年熟识起来。

小青年是四川遂宁人，还没念完高中就来到了北京。他的舅舅八年前来北京开了这家川菜馆，生意不错，小青年索性进店打工帮忙。

不久，简小姐发现小青年对店里的一个姑娘特别好。

姑娘貌似是店里的服务员。人少的时候，小青年就钻进厨房，隔会儿端一个碗或一个盘子出来。全是给姑娘做的私房菜。

碗里出现过冒菜、担担面、红油抄手、糖油果子、钵钵鸡，都是四川小吃，看上去缺辣椒少油水的样子。小青年有一次居然在抄手里撒了一小撮油辣子。看来已经很努力在接近正宗了。

某个晚餐时间，简小姐忍不住问小青年："那姑娘，是你喜欢的人吧？"

小青年害羞地笑笑："她是我老婆，也是四川人。我们已经结婚三年了。"

简小姐吃惊不小。

小青年反问简小姐："你有男朋友吗？"

简小姐沉默了一会儿，说"有"。

"不在北京吧？"小青年读懂了简小姐沉默的含义。

简小姐没说话。

小青年忽然有点儿感慨，他说：“这辈子我是不打算回四川了。既然回家乡算奢求过高，我就想啊，老婆和我在一起，有个家就挺好，这要求不高。”

简小姐急忙说：“我也有家啊。”

小青年问：“哪儿？”

简小姐指指对面的一幢楼。

小青年说：“房子而已。”

小青年指着简小姐面前的青椒肉丝说：“你看，青椒肉丝里少了豆瓣，还是以前那个熟悉的味道吗？对我这个异乡人来说，菜里的豆瓣只能是回忆。你呀，得抓紧啰，别把思念熬成了回忆。”

简小姐这才知道，原来混在青椒肉丝里的豆瓣，叫作思念。

那晚回家后，简小姐发了一条很多同事都看不懂的微信：好想吃豆瓣啊。

一周后，简小姐的前同事 A 先生替她签收了几箱从成都寄来的郫县豆瓣。

A 先生问旁边提着行李箱，刚到公司楼下的阿牟，豆瓣是啥？

阿牟说，是一种川菜调料。

阿牟又问，简小姐呢？

简小姐回了成都，就在阿牟去北京的路上。

阿牟打电话给简小姐。

简小姐苦笑着说，那么巧，刚好错开。

阿牟也笑，说，没错过就好。

阿牟问简小姐，豆瓣怎么办？

最后，简小姐托阿牟把豆瓣给了川菜馆的小青年。满满几箱的郫县豆瓣，足够小青年把家乡的回忆嚼上三五年。

飞机上，阿牟嗅了嗅身上残留的豆瓣味儿，决定回家后就给简小姐炒一盘青椒肉丝，加豆瓣的。

蒜苗回锅肉

当年年得知闻名系里的胖子刘喜欢她的时候，心沉了一下，害怕自己身上也多出几磅肉。

谁都有追求爱情的权利。这话没错。但放在一个体重约75公斤的大胖子身上，他的恋爱成功率是不是低了点儿？

还好，大多数胖子知道自己机会少，所以会更投入。

从大一到大二，胖子刘每天早晨拎着豆浆油条等在年年的宿舍楼下，中午提着一个装着炸鸡腿或卤鸡翅的塑料袋等在年年教室门前，晚上还会乱入烤串、狼牙土豆、铁板鱿鱼等各种夜宵。

胖子刘害羞，见到年年时，总是一把将吃的塞她手里，转身就走。见不到年年时，胖子刘就把食物放在以年年为圆心，半径一百米以内的地方，发短信让她去某处拿。

有一次，胖子刘把一个装着灌汤包的食品袋放在了学校湖中央的一座假山上。假山离岸边足有十米远。这个奇怪的胖子刘怕年年取不到，又特意把一副钓鱼竿放在了湖边的长椅上。

年年觉得胖子刘这人挺有趣，意志力强，人也专一，有点儿喜欢他了。但胖子刘一直没表白，她也就不便表态。

大二念完，胖子刘送给年年的菜重样了几十次，可他还没跟年年说过一句话。

进入大三时，年年再也沉不住气，想了个办法回应胖子刘。

从系上同学那里，年年打听到胖子刘最爱吃蒜苗回锅肉。

接下来，胖子刘开始陷入一连串莫名其妙的窘境。

有一次，胖子刘坐在学校食堂吃饭时，桌上冷不防地出现了一盘蒜苗回锅肉。送菜的同学告诉胖子刘，有个女生送你这盘菜，还附送你一句话。

又有一次，胖子刘在寝室玩游戏，校园跑腿公司的同学突然敲开门，递给胖子刘一盒打包好的蒜苗回锅肉。同学告诉胖子刘，有个女生送你这盘菜，还附送你一句话。

还有一次，胖子刘正好好上着课，一个迟到的同学在胖子刘身边落座，神秘地递过一个保温盒，说，有个女生送你这盘菜，还附送你一句话。

终于，胖子刘火了，在课堂上大吼一声：“她到底要送我一句什么话？！”

教高数的老师扶了扶眼镜，指着胖子刘说：“我送你一句话，滚出去！”

全班大笑。

胖子刘继续给年年送菜，年年继续给胖子刘送蒜苗回锅肉，附送一句故意不告诉他的话，让他也尝尝着急的滋味。

某天，年年发现胖子刘在学校操场上跑步。胖子刘全身的脂肪在空气中摊开、抖动，和地球引力和空气摩擦经历着痛苦的厮杀、搏斗，看上去特别痛苦。

年年等在原地，看着胖子刘跑完半圈，像一个米其林轮胎似的朝自己滚来。

在离年年还有五十米的地方，胖子刘忽然掉转身，沿着另一条小路逃了。

年年对着胖子刘的身影大骂：“刘云昭，你个二百五！你身形如猪，却胆小如鼠！”

这就是年年附送给胖子刘的那句话。

两个月后，胖子刘给年年的食物发生了变化。食材的选择和烹饪方式不再简单粗暴、爆炒煎烤，而是清淡滋补、少盐寡油。油炸鸡腿和麻辣鸡块被蒸虾蒸鱼替代，烧烤和啤酒让位给汤汁和酸奶。

年年发现，和以前挥之不去的油腻身型相比，胖子刘看上去好像也“清淡”了点儿。

年年大悟，原来胖子刘嫌自己太胖，一直没自信表白。

雨果说，真爱的第一个征兆，在男孩身上是胆怯，在女孩身上是胆大。

这话没错。

年年决定，自己向胖子刘表白。

那天在学校食堂里，年年亲自把一盘蒜苗回锅肉放在了胖子刘面前。

年年在胖子刘对面坐下，说了一句典型的中国式废话：“刘云昭，吃午饭哪。”

胖子刘吃惊地望着年年，点了点头。

“蒜苗够瘦，猪肉够肥，是吧？”年年指了指盘子。

“是。”胖子刘答，声音紧张得有些发抖。

“它俩搁一起没问题，对吧？”年年说。

“没问题。”

“吃起来味道好吗？”

“好！”胖子刘点头赞同。

“做我男朋友好吗？”

“好！”

说完，胖子刘脸红一片，知道自己上了年年的当。

毕业时，胖子刘并没像广告里描述的那样，蜕变成肌肉型男，或是花样美男。他只是脱掉了“胖”这层衣裳，成了一个普通男孩。倒是年年，因为爱上了蒜苗回锅肉，长胖不少。

故事讲完了。

朋友笑看着我说：“那个吃太多蒜苗回锅肉的女胖子，现在就坐在我对面吧。”

我释然道：“对啊，胖子刘现在成了蒜苗，我成了肥肉。”

“无所谓啦，变来变去，不也还待一个盘子里。”朋友起身，“走吧，带你吃家常菜去。”

我想，老天爷才是那个最牛逼的厨师，把芸芸众生扔进社会这一大锅里，炒、蒸、煮、焖、炖、卤、煎、焗、炸、烤、煲，精挑细选、完美配对，混搭一道道风格迥异的特色菜品，出锅一对对千奇百态的男女关系。而家常菜的含义就是，不管菜色怎样更新，不论世事如何变迁，我也永远和你待在同一个盘子里，永远和你在一起。

一对敏感而害羞男女的爱情

1

和朋友在来福士广场喝啤酒时，我接到了一个电话，张世的。

对方“喂”了一声后，便闭口不言。

我握着手机，走到广场的喷泉边，在一张长椅上坐下，等着张世开口说话。

两人沉默成一串省略号。

五分钟后，他骂道：“姓肖的，瓜娃子！”

眼前的喷泉顶起无数股水柱，仿佛有几百个人躲在水池底下，举起无数把水枪，目标一致地朝上射击。

水柱落下后，他妈的我哭了。

2

张世给我留下极深的印象是因为他的笑。

张世的笑很独特，概括来说，就是难度系数很高。先是从眉宇和眼角溜冰式的横过一抹浓浓的笑意，待你还未好好回味那份难得的肆意潇洒，那笑便已换挡，抖床单似的大面积铺开，直达鼻梁处；与此同时，他的嘴角向两侧拉起两张漂亮而饱满的弓。我就是被从这里射出的丘比特之箭击中，喜欢张世到神魂颠倒。

第一次遇见张世是在我家对面，凯丹商场的星巴克咖啡店里。那时，他戴一副墨镜，正垂下眼，往收银女店员敞开的领口处瞅。

我站在张世的旁边，饶有兴趣地打量着他。

他穿一件印着“hate me”英文字母的白 T 恤，一条齐膝大肥短裤，从裤子里伸出的两只小腿上长满了浓密的黑毛。

我一直对毛发重的男人感兴趣，他们总是能搅动起躲在文明背后的人类原始欲望本能，性感而直接。文明就像张世架在鼻子上的墨镜一样，既不可靠，也不可爱。

女店员露出受过培训后的职业性微笑，将一袋咖啡豆和一杯咖啡递给张世，说：“请收好，一共 138 元。”

这句话像一块石头一样砸在张世的脑门上，提醒这小子该从娱乐频道转到经济频道了。

张世手忙脚乱地一阵好找，动作和姿态无疑证明他没钱，或者是没带钱。

女店员的招牌笑容触电似的颤了一下，并瞬间打了七折，呈现出有效的减肥瘦身效果。

“你能借我点儿钱，帮忙先垫付一下吗？我就住在商场对面的那幢小区里。”张世转过身，指了指对面某幢高层小楼。

我顺着张世的手指望过去，脑子里爆炸出一个无比兴奋、无限喜悦的惊叹号。

“要借找她借去。”女店员换上一张速冻脸，口气嫌恶地指着我。

张世这才慢慢地将目光投向我，投向无长相、无身材、无胸器、有爱心的我。

极少数女人是男人眼中的装饰用品，脑子里的床上用品；而大多数女人，都沦为了男人心中的日常用品。毫无疑问，我就是属于日常用品那一类女人。

张世打量我的样子，就是那种你看一双袜子、一个杯子，两眼无光、毫不在意的样子。

奶奶的，想想你的生活是由“日常”还是“非常”构成的吧？我迎着张世的目光，在心里骂道。日常用品总是很敏感，就跟普通人总是敏感人家说你普通一样，尽管那是事实。

也就是在这一时刻，张世摘下墨镜，馈赠了日后那个让我抹不去的笑。

那笑如同一个降落伞似的缓缓落下，降落伞上的人却落到了我的心里。

我着魔似的从包里掏出两百块钱，借给了张世。

3

我知道张世每个周六周日都会来凯丹商场这家星巴克买咖啡，也知道他喜欢穿黑白两色的夹趾拖鞋和必露腿毛的烟灰色短裤。我认为他右边胳肢窝夹一本《时尚先生》，摆动手臂跨进店门的样子，简直能将空气中散发的雄性荷尔蒙拍得水花四溅；我也认为张世即使上不了时尚杂志的封面人物，也能胜任背面人物。

但我从不知道，张世竟和我住同一个小区，甚至同一幢单元楼。

自从上次在咖啡店毫不费力地得知张世的住址后，我开始策划如何进入他的视线范围之内。

作为女人中的日常用品，我既不能在出电梯偶遇张世时先跨出去，优雅地走两步，而后姿态万千地转过身，冲他回眸一笑，我了解只有美丽的外表才会百媚从生；我也不会有预谋地精心打扮，花枝招展地出现在小区停车棚里，混在成百上千的自行车和电瓶车堆中，对跨上捷安特的张世唤一声，啊，原来你也在这里。

我深知美貌才能为才华锦上添花，有才无貌只能扼腕叹息。

因此，我左思右想接近张世的方法就是：在小区里跑步。一来为引起他的注意，二来也顺便减肥。

“我就不明白了，你不是有他的电话号码吗？干吗不直接约他出去玩，单刀直入。一来二去，生米变熟饭。”好友刘玉洁听闻我的想法，向我如此建议道。

“擦，你凭什么单刀直入？要么靠长相，要么靠魅力，这两件贴身内衣我一件也没有。”我愤愤然，深吸一口气呼出，强打精神对刘玉洁解释，“我得从侧面，一针针对着他体内注入内在好印象，久而久之，药效一定会发作。看似是我被动，其实是为了换取他的主动。”

刘玉洁不置可否。

不管怎么样，每晚的8点半到9点半，我开始了日复一日的楼下圆周运动。

4

跑步到第十五天的时候，我发现小区里靠近羽毛球场的一把长椅上，总是坐着一对情侣。他俩躲在路灯微弱光线的暗影里，搂抱在一起，宛如在后花园偷情的少男少女。

之前因为灯光太暗，我没看清两人的脸。直到有一次，不知出于什么缘故，羽毛球场内打出了四盏大灯，我才看清了坐在长椅上的张世，以及倚在他胸口的长发美女。

张世穿了一条规矩正经的长裤和一双一板一眼的黑皮鞋，与之前穿短裤和夹趾拖鞋的他判若两人。

他忽然侧过身子，对着迎面跑来的我，将那个难度很高、魅力极大的笑容搬上了脸部舞台。

我沉吟片刻，减慢速度，特意跑到张世和长发美女一步开外之处。接着，我将双脚挪到灯光下他俩靠在一起的影子里，假装原地跑步似的踩了十几下。

张世脸上的笑慢慢落下帷幕，绷成了一块紧巴巴的布。

趁着他即将开口说话前，我冲出那团影子，用力奔跑起来。

一个电力不足却敏感十足的女孩，瓜娃子才会喜欢。我喘着气，听着自己的心声，大步大步地向前迈去，却始终跨不过这道坎。

5

我依旧坚持跑步。一来是因为猛然刹车意图太明显，没必要让张世那小子识破后偷着乐；二来我虽然是日常用品，但经久且耐磨，防水不易碎，在爱情上受得了折磨，经得起考验。

接下来的很多天，我跑步的时候，张世总是坐在路灯下的长椅上看着我。大多数时候他是一个人，有时候也和长发美女坐在一起。

我表面上专注于脚步和呼吸，其实在偷偷观察着张世的一举一动。很多次，当我跑过第五圈时，他还在；跑过七圈时，他已经换了一个坐姿；第八圈的时候，他手里多了一杯咖啡；第十圈时，咖啡还在，他人已离开。

直到某天刘玉洁告诉我，张世已经从我居住的小区里搬出去时，我才意识到，我甚至没和他面对面地说过一句话。

张世到最后也不知道，他在星巴克打量的那位女店员是我的朋友刘玉洁；不知道借钱的事是我俩预先商量好的；他更不知道，我已经不下十几次地逗留在咖啡店内，等他周末跨进屋，以便对他进行全天候的观察分析和360度的探测总结。

我没预料到张世会离开，我更没预料到，我坚持暗恋张世的唯一产物，就是爱上了跑步。

只是，如今我在小区里慢跑时，当初路灯下的人已不在，那把椅子也不知何故被拆除。我记忆里的一角很快被清空，美好和喟叹被连根拔起。我所能做的，不过是在自我营造的操场里一圈一圈拼命奔跑，一次一次使劲回想，剖析只有一个人明白的暗恋密码，完成只有一个人参加的爱情祭奠。

6

某天，刘玉洁打电话约我去星巴克。她隔着桌子递给我两张百元钞票。

“张世借你的，忘了？”刘玉洁望着满脸困惑的我，继续解释说，“他搬走之前，特意留下这钱，让我转交给你。”

“我们住同一幢楼里，他为什么不直接给我？”

“你有他的电话号码，为什么不直接问他要？”刘玉洁将手里的咖啡往桌子上用力一摞，里面的咖啡洒了一桌，“你们就是两个瓜娃子！这都什么时代了，还玩暗恋。直线距离你们不走，东歪西拐反倒迷了路。”

我莫名其妙地望着她。

“你有个高中同学，是不是叫张大豪？”刘玉洁一副录口供的语气。

我开启脑中的记忆按钮，半分钟后才定位到高中同学张大豪。

张大豪曾坐在我后面一排，身形肥胖硕大，同学们都称他“张大号”。记忆中，他是个内向害羞的男生。整个高中阶段，我没和他说过一句话。他留给我的记忆标签，也是来自他醒目的身材和顺口的绰号。

“你该不会是说，曾经的张大豪是现在的……”我及时让舌头卸职，将决定性的宣判权交给刘玉洁。

“你想的就是我想说的。”刘玉洁故意绕圈子气我。她抓起一张餐巾纸，盖在溢出的咖啡上。

接下来的半个小时，我配合着刘玉洁娓娓道来的字幕讲解，在脑子里构建出一个个关于张世故事的电影片段。

我看见张世在我跟踪他后反跟踪我，看到他躲在咖啡店外，透过落地玻璃看着我和刘玉洁交谈时的热切和熟络；我看到了张世拉着自己的妹妹，每晚在我经过的长椅上假装和她缠绵，却偷偷观察我反应时的样子；我看见他很多次在停车棚遇见我，准备上前说话，却欲言又止的微妙举动；我看到张世泡在暗恋的泥潭里，自我束缚，自我挣脱，在一个人的心理战争里单打独斗、搏斗厮杀。

我看到了我自己。

“为什么？”我终于问。

“为了让自己看上去更完美，为了让普通的自己在爱的人面前不那么普通。”刘玉洁漫不经心地耸耸肩，“像你们这种敏感而害羞的人，就喜欢用一堆的暗示，出一沓的谜题让对方猜。还能为什么？”

我看着刘玉洁面前吸满咖啡的纸巾，说不出话来。

“张大豪还没成为张世前，就已经暗恋你很久了。”刘玉洁收起纸巾，擦净咖啡桌，等着我说话。

可我不知道说什么。

7

水柱落下后，他妈的我哭了。

“张大号，你怎么把那迷人的笑搞到脸上去的？”好半天，我呜咽着问张世。

“练习一千五百六十四次。”张世在电话那头笑着说。

“你这身材也焕然一新啊，我都认不出来了。”

“每个胖子都是潜力股。我有一哥们儿，从 180 斤瘦到 120 斤后，变得神似阮经天。”

“你还是穿短裤和夹趾拖鞋好看。”

“我以为你喜欢正式点的，皮鞋和长裤之类的。”

“你在哪儿？我估计，没在成都了是吧？”我听到了电话那边火车驶过的声响。

“嗯，在南京，跑工程。”

我握着手机，不知接下来的话题朝哪儿推进。张世也在电话另一头沉默不语。

诚如所言，在爱情方面，我俩都是不善于表达自己感情的害羞小孩。

“还跑步吗？”隔了好一会儿，张世问我。

“跑。必须跑。”

“你知道吗？这几年我坚持减肥领悟出的最重要的一件事，就是只要你坚持做一件事，你就会变得很特别。”张世说。

“对，比如我俩坚持暗恋对方，就跟瓜娃子一样，特别的傻。”

我和张世在玩笑中结束了对话，没再说其他什么。

8

或许张世是对的。坚持跑步半年后，我开始相信，平凡枯燥的事情也能很特别，也会有味道。我开始觉得，跑步时经过的每一盏路灯都化成了张世的脸，不停地朝我点头致意；踏过的每一块石板都变成了张世的笑，不断地亲吻着我的脚掌。

至于为什么会特别，我猜是由于揉入了思念的面粉，加入了爱情的调料。

外国文艺女青年在北京

1

来到北京后，我租了一间每个月 1100 元的单间。房子不足 10 平米，但有两面大大的玻璃窗。躺在床上能看到蓝天。运气好的话，晚上还能洗个月光浴。

“一到晚上，不管你抬头还是低头，都能望明月思故乡了。”房东向我说明。

这房东还挺有诗意。

“Oh，my money.”付钱给那位皮肤黝黑，矮壮得如同一匹小马驹似的房东后，我忍不住说。

“Take it or leave it.”有个声音回应道。

我顿时吓了一跳，房东的英语都好成这样了？

来不及细看，一个人影已经闪到了我的面前，裹着一股风，带着一张金发碧眼的脸。

“Oh，my god.”这次我在心里喊了出来。

“她是你的邻居你弟，澳大利亚人，住二楼。”房东用浓重的鼻音告诉我。

“你弟？”我好奇地问，瞟一眼那个漂亮的外国女孩儿。

“我的中文名叫张美容。My English name is Edie.”她说。

原来我把伊迪听成你弟了，不过“你弟”比“张美容”好。

“我还是叫你你弟吧。”我盯着你弟的脸蛋儿看，眼睛都不眨一下。

2

晚上，在楼下一家小餐馆吃酸辣粉的时候，我遇见了你弟。

“你好。”你弟用蓝蓝的眼珠子看着我，用筷子指指碗，接着说，“这个好辣，你要注意。”

我心想，你弟都不知道自己无意中开了一个多么可笑的玩笑。

我刚坐下，老板就问：“要微辣，中辣，还是麻辣？”

老板接着开玩笑。

“麻辣。谢谢。”我表现得蛮有礼貌。

吃饭期间，你弟打了两个电话、两个喷嚏，辣得不断地流眼泪。

看着我不动声色地吃得哧溜响，你弟忍不住说：“你喜欢这个辣椒。”

“没那回事儿。”我将最后一根酸辣粉吸进去，拿纸擦嘴道，“不是我吹牛，北京对辣椒的认识还处于社会主义初级阶段，而我想要的是共产主义的辣椒。那种辣椒在四川才有。”

“但是你吃完了全碗酸辣粉。”你弟说，“喝完了汤。”

我看看面前的空碗，又看看你弟：“这是个礼貌问题。”我拿手在空中比画，“‘礼’，听说过吗？Confucius 提出的，中国人重‘礼’。”

你弟“哦”了一声，又说：“我懂点儿中国文化，知道孔子。听说他的头中间低、两边高，像丘陵一样，是这样吗？”

我还不知道孔丘的脑袋瓜长这样。

“是的。”我答，又问你弟是否喜欢中文。

“喜欢。”她脱口而出。

“那你听好了。是‘一碗’酸辣粉，不是‘全碗’。”我说。

“为什么呀？”你弟问，蓝眼睛里闪着类似求知欲的光。

这光太陌生，我一时不知道作何处理，只好说“固定搭配吧”。这个回答让我心虚得要命。我抹抹嘴，准备赶紧结账走人。

你弟一把拉住我，急切地说：“我刚琢磨了下，你刚才对辣椒的说法有点儿不对。辣椒种类不同，四川的辣椒和北京的辣椒不是同一个种类，就像资本主义和社会主义。”

我想了想，觉得她说得也有道理。

你弟叫来服务员，付了钱，也包括我的那份酸辣粉。

“听说中国人相信缘分，我也信。是缘分让我请你吃饭，所以，你不客气。”你弟笑得很自然、很好看。

“对，我俩投缘。”我心里一乐，笑容快咧到耳朵边。

3

安顿下来后，我开始投简历找工作。在我结束三个面试，晚上 10 点回到房间后，便一头扑倒在床上，灯没开，鞋没脱。

门外响起了敲门声。“咚咚”两下，“咚咚”又两下，“咚咚咚咚”无数下。

我忍着爬起来，将门拉开一条缝。

是你弟。

“怎么黑里咕咚的。”你弟说。

“是黑咕隆咚。”听你弟说有问题的汉语，我顿觉神清气爽不少。

“来打麻将吧。”你弟说。

我震惊得差点儿当场晕倒，花了几秒钟稳定后，我跟着她上了二楼。

走进房间后，我一脚就踩进了放在门口的一只锅里，里面的水淌了一地，我左脚上那只从附近“样样九块九一件”商店里买来的面试专用皮鞋完全浸湿了。

“你运气不错，估计锅里的水都凉了。”你弟蹲下身把我的左腿移了出来。

“干吗放一个装满水的锅子在房门口？为了防贼吗？”问完后半句话后我就后悔了。我总是为自己说出的每一句蠢话后悔不及。

你弟果真告诉我说：“防贼的话，应该放老鼠夹。”

的确。

“我认为，”你弟接着说，“来到一个陌生的地方大家都会带着一样东西，比如信物或神物。我选择带着一口锅。”

我惊讶地打量了一下那口锅：比篮球大，比猪头小；铝制，双手柄，轻薄款。我以为它是某个神庙里求来的难得货，结果发现上面刻着 SUPOR。

你弟开口了：“北京的气候不好，我知道这里的人都用加湿器，但我觉得往锅里装上满满一盆滚烫的热水就行了，科学地讲，这样的水蒸气比加湿器更管用，水凉了再轮番换，也不麻烦。”

“还不麻烦啊。”我惊呼一声。

你弟摇着头，笑着问我：“你来北京带的什么？”

我想了想回答：“闹钟和手电筒。”

“哦。”你弟说，“你带着时间和光明前进。”

我一惊，心里直为矫情捏了一把汗。

“你需要喝杯水吗？”你弟从桌上拿起两个玻璃杯。

“我需要一双拖鞋，还有一张软床。”我在一张椅子上坐下，瞬间睡意袭来。

4

第二天醒来后，我躺在一张宽大柔软的床上，体内的疲劳好似被剪断了，全身舒适异常。阳光被厚厚的窗帘挡在背后，只露出窗框的光晕。

我坐起身，发现地面上堆放着许多书和杂志，一个画架直挺挺地躺着，颜料管和画笔散了一地。画布上满是密密麻麻、五颜六色的问号和感叹号。离床两米的地方放着一张矮桌，上面挤满了大大小小的瓶罐。房间里有一股柠檬味儿。

我试探鞋子准备下床，双脚却钩出一双拖鞋来。

我一定是在你弟的床上睡着了。在连续喊了几声“你弟”也不见回应后，我看见了她粘在床头灯上的便利贴：我上课去了。桌上有一杯柠檬水和一个面包，

找找，你可以吃喝。——张美容

底下还有一行PS：听我们班的同学说，证明女人成熟的标志之一是喝白开水，喝柠檬水可以吗？

我从桌子上找出一支笔，回复你弟道：可以。说这话的人恐怕是太想证明自己是女人了。

喝过柠檬水，吃掉面包后，我换鞋下楼。

5

“砰砰——”

“砰砰——”

一声又一声，犹如尖细的高跟鞋踢着我的太阳穴。我惊醒了，开灯瞟了一眼闹钟：凌晨2点40分。

是你弟。又是你弟。

虽然你弟对我不错，但惊扰了我的美梦，此时就显得罪孽深重。为了掩饰我的眉心紧皱，嘴角颤动，我打了一个大大的哈欠，侧身将你弟让进屋。

我的房间狭长得像块豆腐干，紧紧凑凑放了一张单人床、一张电脑桌和一个衣柜，除此之外，连放张凳子的空间也没剩下。你弟只好坐我床上，面前的电脑桌上放着两个一次性饭盒。饭盒张着白色的嘴，里面的半片西红柿像极了一个舌头。

“对不起，昨晚，打麻将的人都走了。”你弟刚坐下就说。

“没事。”我甩甩脑袋，撕开速溶咖啡。

“No，No，”你弟激动起来，“我特意‘google’了，四川人爱打麻将。”

我瞬间有点儿感动，忽然想起一件事，便问你弟：“你睡在哪儿？”

“我画画画了一宿，第二天直接去上课了。”你弟告诉我她在中央美术学院念大一。

我惊叹一声，为接下来说什么而搜索枯肠。

“谢谢你的拖鞋。”我好不容易挤出一句。

“看到你便签上的留言，我很安慰。”你弟说，又问我，“你相信潜意识吗？你觉得白天说过的谎话能钻进潜意识，通过梦境表现出来吗？”

说实话，我经常撒谎，甚至在梦里都撒谎。什么潜意识不潜意识的，我的潜意识说不定都是假的。

“这个，我还真不知道。”我老实回答。

“我也不知道，所以才画了一幅画。”你弟开始用一根手指卷着头发玩儿，“艺术说不定能解决这个问题。”

“就是那幅画满问号和感叹号的画？”

“嗯。问号代表寻找，感叹号意味着找到。数量上的重复告诉人类这是一个持续的过程，运用多种颜色表明人类在这条路上的各种情绪和心态。”

你弟谈起这些来让人觉得她思维清晰、逻辑缜密。

“这和潜意识有关吗？”我疑惑地问。

“这是潜意识告诉我的。”你弟坐直身子告诉我。

“你有生活吗？”你弟忽然转移了话题。

“生活有没有我不知道，唯一确定的是我没有性生活。”这是我生平最真诚的回答。

漂亮的你弟撇撇嘴，我第一次看到她脸上厌恶的表情。

“性是艺术的低层次表现方式，一根木棍作用于一个洞。”说着你弟用左手拇指和食指圈出一个圆，拿右手中指在里面捅了几下。

我再次被她打败了。

那晚，我和你弟聊了很久，基本上是她的自我问答和自我剖析，直到连续喝过五袋速溶咖啡后，她才在我的床上沉沉睡去。

6

你弟醒来后，眼皮还闭着，就游魂似的问我：“你相信吗？我能画出一幅让人胃部搅动的画。这是我的艺术追求。”

“相信。”我一边随意应付她，一边冲牛奶。天亮了。

“如果是你，你会在房间的天花板上贴什么画？”你弟忽然就睁开了眼睛。

“不知道。没想过。”我当即说。

“想一想，想一想，”你弟爬下床，走过来推我的肩膀，“让想象力的母鸡在你脑子里下个蛋。”

“你怎么知道我的想象力是公是母？”我问你弟。

“这叫 metaphor，你们说的比喻。”你弟认真起来。

“嗯，一个比喻而已。”我说。

“如果是你，你会在天花板上贴什么画？”你弟又重新回到这个问题上。

我想了想告诉她说：“对准同一方向的枪口也好，毕加索的抽象画也好，达利的超现实主义也好，满天花板乱爬的乌龟也好。”

“贴不贴世界地图？”你弟问。

“不。”我斩钉截铁道。

“为什么？”

“会做噩梦。三分陆地，七分海洋，会做被淹死的噩梦。”

“而我会做环游世界的美梦。”你弟开心地笑了起来，笑着笑着，她的笑容便开始收缩，“我要搬回学校去住了。”你弟说。

我觉得你弟是真正的意识流大师，跳跃性思维无人能敌亦无人可挡。

7

我和你弟下了楼。进超市后，我给她买了一瓶苏打水，娃哈哈牌的。你弟拧开来，瞅瞅瓶盖，盖底居然写着“前途”二字。她拿着它给我看。

“你可以留着瓶盖，有创意。”我说。

可喝完苏打水后，你弟还是把它扔进了垃圾桶。

“你把前途丢了。”我惊讶道。

“I don’t care ‘what to do’ or ‘where to go’, I’m interested in ‘now and here’.”你弟笑着说。

不管前途，只管在途。我心里一惊。

8

一天后，我送你弟到了地铁站口。

“你弟，”趁她进站前，我叫住了她，“告诉你一个秘密，答应我不能笑话我。”

你弟点点头。

“你觉得北京的蓝天好看吗？”我问。

你弟用不明所以的眼神盯着我。

“北京的蓝天就是无数蘸满蓝色颜料的手掌印拍上去的，既有层次，又有深浅。我能看上一整天。”我说，“不知道有没有人看着蓝天会哭，不是想到什么了而哭，仅仅是看着蓝天哭。之前我倒是没有过，但看到北京的蓝天后我哭得很凶。它太美了。”

你弟沉吟片刻，说：“不会笑话你的。”说完朝我挥了挥手，“来看我的画。一定！”

我刚举起手，却发现她已经快速消失在人流中。

9

这位我在北京偶遇的外国文艺女青年，我刚认识她，她就已经向我说再见了。可这又有什么关系呢，和她相处的短短几十个小时，竟让我觉得认识了她一辈子，让我相信这是由于前世有缘促成的来世再见。

我记得那个约定，我还在等待你弟画出那幅能让人胃部搅动的画。

男朋友推销员

男朋友躺在客厅的长沙发上，喝啤酒、看球赛。这是大多数男人雷打不动的时刻。因此，在门铃响过一遍后，我就去开了门。

“您好！”来人摘下头上的礼帽，弯腰对我行了一个礼。

“你找谁？”我警惕地扫视着他：燕尾服，黑领结，尖头皮鞋，戴着一顶黑色礼帽。我不记得我认识哪位魔术师。

“让您受惊了。”他重新戴上礼帽，冲我抱歉地一笑，“我是推销员，负责推销男朋友。”

我告诉他我已经有男朋友了。

他神秘地笑笑，用手抬了抬帽檐：“我知道您有男朋友。我考虑的是，您是否有一个最适合的男朋友。”

“百分百适合。”我说。

“研究发现，百分之九十的女性在没真正遇到生命中的白马王子前，都觉得现有的男朋友是最好的。”推销员从上衣口袋里掏出一个棕色小本，翻开几页念道，“研究还发现，百分之九十的男性拥有的女朋友超出了他们心目中的完美女神。”

“我的男朋友不在那个比例里。”我对他的研究有点儿不满。

“请问，在舒适度和满意度上，您给您的男朋友打多少分？”推销员的视线一直紧锁在我脸上。

“九十分吧。”

他表情奇怪地看了我一眼，继续翻动着手里的本子：“抱歉。您提供的分数显然不符合客观事实。也就是说，九十分是不可能的。”

我从鼻子里冷笑道：“怎么不可能了？”

“因为那个分数只出现在您的热恋阶段，如今您和您的男朋友已经在一起两年了。”

“一百年、一千年、一万年，我男朋友也是那个分数！”我生气地朝他吼道，男朋友推销员那句“请别欺骗您自己”被我用力地关在了门后。

说来也怪，这之后，我对男朋友的好奇心提高了几倍，观察时间也持续拉长。男朋友仍像先前一样，像摊泥似的陷在沙发里看球赛。他将一只手枕在脑后，时不时灌上几大口啤酒，每喝一口脸上的肌肉就抽搐几下；他脱了鞋，脚架在茶几上，右脚袜子破了个大洞，露出的大脚趾里藏着一片油腻腻的污垢；他的肚子像一袋面粉似的挺了出来，把衬衫绷得圆滚滚的。我第一次意识到，自己的男朋友原来是这副尊容！之后的几个小时，我做起事来心神不宁，脑子里一直闪现着男朋友面粉袋似的肚子和肮脏的脚趾头。也就是在这段时间，我打碎了三个盘子，粗心到把酱油当成了醋，出神到用吸尘器吸枕头。

我察觉到什么地方不对了，准备冲出门寻找那个男朋友推销员，谁知他就站在我家门口，一直没离开过。

“您肯定需要换一个男朋友。”他抢先说，“我们公司的宗旨是‘省去客户等待另一半出现的宝贵时间，实现客户现实爱人和幻想爱人的吻合度，满足客户初恋般的愉悦精神体验’。”

“不会是机器人吧？”我狐疑地问。

“绝对是有血有肉的完美男朋友。”推销员肯定地说，“我们推销业务的优越性在于让客户自己做主，只需提供心中的男朋友形象，我们再利用先进技术，通过各种渠道，从海量资料库里按图索骥地找到客户的白马王子。”

“我需要做什么？”我越听越心动。

“描述您心目中完美男朋友的形象，包括长相、身高、三围、体重、性格等，之后电邮给我们公司，我们替您挑选后把男性资料邮寄给您，直到您最终敲定某位男性后，我会亲自将一个包裹交给您。接下来，我们将送货上门，货到付款即可。”

“如果不满意呢？”我问。

“体验期三个月，客户不满可退货、可换货。”推销员伸出三个手指头。

如此贴心全面的服务，我觉得试试也无妨。

送走推销员后，我和相恋两年的男朋友分了手，取而代之的是一个月后敲开我家门的一位新男友。

如同推销员所说，新男友达到了我提出的所有要求，满足了我所有的幻想。还没体验到三个月，我就心甘情愿地付了钱。

接下来的两年，我为新男友睡觉打呼噜、喝汤时发出响声、往垃圾桶里吐痰、饭后爱剔牙、说话时习惯先咳嗽一声、害怕小狗等诸多问题更换了五个男朋友之多。

我到底想要个什么样的男朋友？有天我坐在沙发上思考来着。推销的男朋友都是严格按照我的描述依样画葫芦般挑选出来的，为什么我还要频频更换呢？我慢慢明白，我的不满都是因为在和新男友相处几个月后，他们的缺点才渐渐凸显出来。男朋友的增多不能证明我喜欢哪种类型，只是不断反映出我不喜欢哪种类型。他们的存在，只是成了我了解自己好恶的镜子，而这种好恶是改不掉的，一旦退货，只能招来更多的厌恶和不满。更恐怖的是，我居然忽略掉了男朋友身上的优点！我决定重新找回最初肚子像面粉袋、脚趾头肮脏的不完美男朋友。

最初的男朋友和我分手后并没有继续新的恋情，而且同意和我复合。他还是那副老样子：身体肥胖、生活邋遢；仍旧喜欢躺在沙发上看球赛、喝啤酒。不过，如今我喜欢这个邋遢而真实的男友，甘之如饴地为他做饭洗衣。

这天，我正在为地毯吸尘时，有人按门铃。我打开门，来人穿着黑礼服，戴着礼帽，手里拿着一个包裹。

“不好意思，我不再需要男朋友推销员了。”我开门见山地说。

对方摘下礼帽后，我才发现她是个女人。

只见她扬了扬手里的包裹，说：“我是女朋友推销员，这家男主人定的货到了，他人在吗？”

Chapter 03

爱情不过是求证和证明

走，一起去玩儿

1

严格说来，我是带着疲倦和懊丧的心情迈入大学校门的——宛如结束一场硝烟弥漫的战争后，一个提着头盔、跨过尸体而又心力交瘁的幸存者。

在这之前，我和我妈在我选择哪所大学这个问题上进行过几次激烈的争吵——完全火山爆发式的争吵。“大学”这根火柴能直接点燃一整片森林，我和我妈都能看到映在对方脸上的熊熊火光。

要是没有我弟弟——一个在我和我妈之间总是扮演消防员的角色，我想，那段时间，我和我妈的关系会无可避免地走向破裂的边缘。

这一切，都是因为吕尖，都是因为我坚持选择和他上同一所三流大学。

2

高三毕业后的暑假，一次，我妈在客厅里看电视时翻出了一盒烟，它被我塞进了一个浅绿色的沙发靠垫里。

烟被抽掉了大半，剩下的五支东倒西歪地倚在烟盒内。

像两年前，我妈无意发现一家人合影相框背后里，藏着我写给吕尖的情书一样，我妈的反应出奇镇定。这往往说明，她已在极短的时间内策划好了对付我的具体方案。

我妈吩咐我在旁边沙发坐下，将烟递还给我。紧接着，我的脸上挨了一记防不胜防的响亮耳光。

“记着，”我妈的眼里盛满了一泓平静的湖水，“不管是出于什么目的，耍酷、跟风、尝鲜、好奇还是喜欢，在你还没有真正认识你的身体前，你没有资格借助任何外物来损耗它。”

我妈冷静得有些反常。这次，我也出奇镇定，坐在沙发上一言未发。

等她出门后，我一个人去了楼顶，将剩余的几支烟大口地猛吸了个够。

吸完烟后，我发现顶楼那面残旧灰暗的墙壁上，我用白粉笔写下的“吕尖”

有些模糊不清。几次大雨让这两个字过度晕染了。

我踱步到用四块砖搭建起围栏的小角落，那里面放着为数不少的白粉笔。我掏出一支粉笔，在墙壁上一遍又一遍地临摹“吕尖”。

3

八月初的时候，我同高中阶段交往了两年的男朋友宋词分了手。分手是我提出来的，我约他在我俩第一次约会的冷饮店里见面。

我请宋词吃了他最爱吃的抹茶冰激凌。在他吃完冰激凌，用纸巾擦着嘴角的时候，我宣布和他分道扬镳。

宋词的眼睛立马落进了冷雾。我看着他，仿佛隔着一层玻璃。

“是因为我长得像树袋熊吗？”宋词问我，声音像做错了什么。

我盯着他的眼睛，心里直犯嘀咕。我想，任何有一点儿眼力和智力的人都该知道，如果我在意他的长相，也不会和他交往两年之久。

“和你分手绝不是因为外表，”我故意顿了顿，“只是，如今你的性格里，某些实质性的东西和我想象中的内容发生了偏差。我要对得起自己的话，当然，长远看来，也是对得起我们大家，就得和你分手。”我向他解释的语气，一如某类情感专家。

“你知道我怎么想吗？”宋词从椅子里站起来，声音冷漠平板，“你是一个冠冕堂皇、借口无数的人。”他摇摇脑袋，大而圆的眼睛和以往比起来越发显得呆滞无光，活脱脱一个同学们嘴里的树袋熊。

我实在没有耐心和余力和他一一解释。我叫来服务员结过账，和宋词不欢而散。

那段时间，吕尖装得像是什么事情也没发生过一样。趁我妈不在家的时候，他就悄悄地来敲我家大门。吕尖总是先将那个剃成平头的圆脑袋伸进门，像贼一样转着眼珠四下打量片刻，最后才将目光落在我脸上。这时，他朝我露出一个嬉皮笑脸的笑容，用有十分把握的语气问我：“走，一起去玩儿？”

4

高一的时候，我就喜欢上了吕尖。

吕尖家里是开加油站的。一次，我乘坐姑姑的汽车出门旅游，姑姑的车停在了他家的加油站，准备为汽车加满油。

姑姑去洗手间那档儿，我坐在副驾上，从反光镜里看见了拿着加油管，走向加油孔的吕尖。看罢他几眼后，我戴上墨镜，从仪表盘里拿出姑姑的香烟，抽出一根点上火，拼命吸了起来。我至今仍记得，当我吸第三支烟时，反光镜里的吕尖朝车窗走来。他穿着沾满油污的连体工作服，鸟巢般的长发未经打理，都快垂到肩膀上了。

我眼瞅着吕尖一步步走来，生怕心跳漏掉半拍。

“同学，加油站不允许吸烟。”吕尖靠近车窗，对我扔下这么一句。

“什么同学同学，这里是学校吗？”我摘下墨镜，故意气他。

“小姐，这里吸烟很危险。”吕尖的表情有点儿严肃。

“什么小姐小姐，这里是歌舞厅吗？”我加重语气反问道。

吕尖皱皱眉，开始大声嚷嚷：“不准在这里吸烟，你他妈想被炸成碎片吗？”

“这就对了。”我按灭香烟，望着吕尖的脸，问他，“你哪个学校的？”

吕尖冲我笑了一下，没有作答，转身离开。

“姑姑，我喜欢上了给你汽车加油的小伙。”姑姑钻进汽车，刚落座，我就向她说明道。

姑姑瞥了我一眼，问我“为什么”。

我说是爱上了他那张稚气未脱的脸上，却搭配了一对闪着寒光的眼睛。缺哪一样都不行。

“我嗅到了他潜在的男人味儿。”我补充说，“还有，怎么能有人将沾满油污的工作服穿得那么帅！”

“你是靠嗅觉和视觉找对象的吗？”姑姑笑着说，启动了汽车。

5

事实上，我靠的是感觉。

最不靠谱的感觉，却青睐了我。不久，在学校里，我居然再次遇到了吕尖。那时，他已经将长发剪掉，推了个平头，整个人显得无比精神。

吕尖和我都相信缘分和宿命。他首先跟我打了招呼。那天，我俩随意聊了几句。后来，我们常在校园里遇见，一来二往熟识起来。

吕尖和我同级不同班，一天中，总有一节课间休息时间，他从楼上教室跑到我的教室门口，将脑袋伸进教室里，身子在门外，眼睛却朝里张望，像某类身体能折叠的动物。

对上我的目光后，吕尖就毫不在意地大喊一句：“周心蕊，走，一起去玩儿。”

这时，我便在暗含各种情绪的几十双眼睛下，大大咧咧地走出教室，和吕尖一起去玩儿。

说是玩儿，其实也不过是听吕尖吹破牛皮，显摆牛逼，以及正在追求哪个女孩儿。因为一次也没听他说起追到谁谁谁，我对他每次提起的追女孩儿之事便没怎么上心。其实，我老在心里盘算着，哪天吕尖不再对我谈起追其他女孩儿的事，我就向他表白。

可臭屁王吕尖最后真追上了一个女孩儿，而且还是我们学校里一个有料美女。那天，他例外地没来我教室门口，喊我“一起去玩儿”。吕尖也不用脑子想想，为什么每次他来找我“一起去玩儿”的时候，我都在。

很快，我开始和班里追求我的宋词交往。青春期的感情说来可笑，我就是想气气吕尖，哪知气了他两年他也没发觉。在我和宋词交往这件事上，吕尖只问过我一句。他说，干吗和什么宋词耍朋友，难不成下一个是唐诗？直到毕业后的暑假，我和宋词分手，他仍旧蒙在鼓里。

6

高三暑假结束。最终，我妈败下阵来，我如愿和吕尖上了同一所三流大学。当然，代价是我妈整整一年没拿正眼看过我。

三流大学的特点就是，几乎所有人都在忙着谈恋爱、逃课、喝酒和抽烟。

吕尖果然没有辜负我当初的嗅觉，走过青春期以后，长成一副布拉德·皮特的模样。他仍旧留着平头，还在下巴和两颊保留了一些撩人的胡渣。

上大学后，吕尖和高中交往的有料美女分手了。在还没找到新女友之前，他一如既往地约我出去玩儿。当然，不像高中直接来我教室门口喊我一样，吕尖没能突破女生宿舍的严密防线。

“走，一起去玩儿”，从语音变成了文字短信。

如同高中时期猝然中断的听吕尖吹牛逼谈女孩的课间十分钟，很快，吕尖对给我发短信、约我去玩儿的行为按下了暂停键。

“走，一起去玩儿”，成了我青春时期最熟悉、最甜蜜的一支短歌，只有在吕尖没有女朋友的情况下，这支歌才能对我按时播放。大多数时候，它只是插播和转播。

这次，吕尖喜欢上了大三的一位学姐。吕尖展现多种巧舌如簧，实施各类手段技术，使出浑身解数追学姐，都被对方拒之门外。但学姐并非决绝之人，她经常联系吕尖，让他陪着自己去图书馆、食堂，甚至邀请吕尖去她家吃饭。

就是——恋爱？免谈。

7

大二的时候，我交了男朋友，而吕尖拿出惊人的勇气和耐性，继续向已在外面实习的学姐展开追求攻势。

某天晚上，吕尖难得地发短信给我，上面还是那几个熟悉又陌生的字：走，一起去玩儿。

我来到宿舍楼下，一眼看到公告栏前的吕尖。他正吸着烟，读着上面花花绿绿的广告，吸过的烟头绕了右脚鞋子一圈。

我走向他，光是看到他脸上勉强挤出的笑，我就知道，那段看不到尽头的感情已让他疲惫不堪。

“她有男朋友了，一个公司的，听说会结婚。”吕尖失落无助的眼神，让人看了想哭。

我望着这个我喜欢了五年的大男孩儿，终究没将想说的话对他倾吐而出。

吕尖也看着我，脸上忽地闪出狡黠一笑。上次见到吕尖这种嬉皮无比却又把握十足的笑，还是在我高三暑假。

我如此喜欢属于吕尖一人的痞子笑容，透着成熟的味儿，却不失天真。缺哪一样都不行。

“知道高中的时候，我为什么一直对你说起别的女孩儿的原因吗？”吕尖问。

我摇摇头。

“那，你知不知道，我其实并不喜欢高中交往的有料美女。”吕尖接着问。

我脑袋里面“轰”的一声炸响。

吕尖吸了口烟，盯住我的眼睛说，“我只是让你没机会告诉我某些事，让你没机会破坏我俩的友情。”吕尖将烟头扔到地上，用脚踩灭，“我只是想让你知道，我珍惜和保护着它。”

“那这次呢？”很久以后，我才哑着嗓子问出这么一句。

“这次是真爱上了。”吕尖说。

“还坚持？”

“坚持。”吕尖笑笑，掉转头，说了声“走了”。

我望着吕尖的背影，伫立原地思考了很久。当我理出线头的时候，几乎被真相冲击得全身发麻。

我渐渐明白，高一那年，当吕尖站在教室门口，说出“走，一起去玩儿”的时候，就已经判了我俩恋爱可能性的死刑。

一起去玩儿？可以。

恋爱？免谈。

出于维持和我之间的友谊，吕尖不带伤害地对我说出的这句话，其实是降压器和减震板，意味着单恋中的你我不愿直面的残忍事实：朋友是结果，而不是过渡。

心是情话的过敏源

1

今年我24岁，混在成都，工作是为一家本地资讯网站编辑新闻。

每天早上，我六点半起床，为自己冲上一杯廉价的速溶咖啡，握着杯耳断掉三分之一的白色马克杯，双眼惺忪地来到书桌前。

我打开电脑，点击鼠标，提取、复制、粘贴、发布新闻，工作过程和挖一个坑，栽一棵树，填上几捧土的植树员没两样。

九点一刻，我关上电脑，结束早班工作；九点半的时候，我已经坐在地铁里，看着上班族用手指刷新手机。

他们的手机屏幕里，免不了有我刚刚更新的本地新闻。我为他们提供热气腾腾、刚出炉的新鲜资讯面包。

正当我倚着车门,垂下眼,让脑子进入待机模式时，一个声音钻进了我的耳朵。

声音是有味道的，有的音甜，有的声脆；有的黏糊如蜂蜜，有的苦涩似咖啡；有的浸透着脂粉气，有的堆砌出荷尔蒙。光是嗅一嗅那些声音，我基本上就能猜到来者是谁。

“Hello，piggy！”有人隔空朝我喊。

一股强烈如猛兽般的雄性气息伸出无数只手，推开乘客的肩膀，左拐右绕地飘进了我的鼻子。

是阿栗!

我的意识仿佛浸了一遍凉水。我睁开眼，猛地抬起头，差点儿没把脖子甩掉。

阿栗正站在我面前。他斜背着一个土黄色的帆布包，脚踩篮球鞋，仍旧穿一件比身体大了几号的黑色卫衣，和一条能塞进四条腿的灰色嘻哈裤。

我想也没想，一把摘下阿栗头上的NY平檐帽，戴在自己的头上。我下意识地抬起手臂，一面伸出拇指和食指在空中比画着，嘴里一面喊道：“Yo-yo，check it now.”

“Yo-yo，hello，piggy！ Pi-pi-pi-pi，gy-gy-gy-gy。”阿栗不顾

旁人的侧目和诧异，大声哼唱起来。

看着眼前这张两年没见的脸，一瞬间，我的心掉进了蜜糖罐里。

2

四年前，在大学的迎新晚会上，校园本土说唱团体“颤栗”乐队登上了操场的露天舞台。那响彻云霄的 battle，不明所以的怒吼，几乎让星星捂住耳朵，月亮拔腿逃跑。我穿着印有“颤栗”字样的白 T 恤，在操场显眼的一角铺了一块黑布，叫卖颤栗乐队的 T 恤。

我声称这些 T 恤是官方的。其实，它们不过是我从淘宝上购得的一批空白 T 恤，被我一个会印染的朋友印上了“颤栗”二字而已。

成本 10 元，售价 50 元。

未雨绸缪，独家经营。

疯狂的人很多，T 恤卖得很好。

音乐中场的时候，一个长得清清瘦瘦的高个子男生来到我面前。

“喜欢‘颤栗’？”他蹲下身，用食指和中指摩擦着 T 恤一角的面料。

“放心吧，纯棉的，吸汗。”我热情地向他推销。

他皱了皱眉，再次问我：“喜欢‘颤栗’吗？”

“不喜欢。”我有些不耐烦，“你到底是来谈价钱的，还是来谈兴趣爱好的？”

男生笑了笑，递给我一张百元钞，又从地摊上拿走了两件T恤。

他从裤袋里掏出一支签字笔，让笔在一件T恤上狂舞了几下。随后，他将那件T恤递给我，说：“你是一个有个性的姑娘啊。”

我接过T恤，看见衣服底部陈列着两句话：你配得上一件美丽的衣服，如同配得上一个美好的形容词。签名是阿栗，还顺带留下了一串电话号码。

我抬起头的时候，阿栗已经消失了。

音乐再次响起的时候，那个清瘦的男生已经回到了舞台中央，和另一名男生接着唱起来。他俩吐字不清、咬音不准的说唱乐，掀起了台下大一新生的连连鼓掌和阵阵叫好。

我站在原地听了很久，终于听清了阿栗口中的一句歌词：

他妈的，我想说，太多蹩脚的爱情需要动动手术；

他妈的，我敢说，太多坏掉的心情需要修修补补。

我将眼神从阿栗身上收回，转移到手里的T恤上。

我想了想，深吸几口气，最终举起那件T恤，大声叫卖道：“‘颤栗’乐队官方T恤！主唱阿栗亲笔签名！仅此一件，错过难寻！”

那件白T恤在我手中肆意舞动，成了黑夜中最耀眼的一根荧光棒。

3

几天后，我像往常一样在学校后门摆地摊。那天，我正和小伍聊得起劲儿，两个男生径直朝我走来。他俩都穿着宽大的卫衣和肥大的板裤。

我认出那个戴 NY 平檐帽的瘦高个儿，是阿栗。走在他身边的男生身材矮胖，头上包了一方骷髅图案的头巾，十几条黑色小辫儿搭在肩膀上，随着他迈出的步子，弹簧一般地跳动着。

站在十几步开外的我，远远就看出当初这两位搞 hip-hop 的主儿，此时已不再是五线谱上的跳动音符。他们抿紧嘴唇，双手插进口袋，沉下黑脸的样子，完全有可能在接近我的一刻，从裤袋里掏出铁锤一般的拳头来。

瞧见我脸色煞白，小伍动动脚，往我这边挪了几步。

包着头巾的矮胖青年率先走向我，立定，右手在裤袋里一阵搅动。

小伍下意识地挡在了我面前。

头巾青年瞪了小伍一眼，从口袋里掏出了一件 T 恤。他提起衣领，用力一抖，T 恤像一面锦旗般垂落下来。

我和小伍看见了那句话：你配得上一件美丽的衣服，如同配得上一个美好的形容词。签名是阿栗。

“这 T 恤，你多少钱卖出的？”头巾青年问。

“50。”我脱口而出。

“姑娘，说实话。”头巾青年眼里的光像电脑闪屏，看得我极不舒服。

“这件我卖了80。”

阿栗不知什么时候已经出现在我对面。他侧过脸，无声地笑着。

“姑娘，你要再不老实，我们可就——”头巾青年拉长音调威胁我。痞气倒是真的，霸气却是装的。

小伍一阵紧张骚动，他已经伸出双臂，围栏一般护着我。

我按下他的手臂，轻轻摇了摇头。

“卖了300，我指天发誓。”我报出了那件签名T恤的实价。

“你挺会卖的呀。”阿栗冒出一句，手插在裤袋里，脸上的笑容更像是揶揄。

“你才会——卖！你不是搞说唱的吗？不明白一个句子里不能随便缺少宾语吗？”我不管不顾，朝着阿栗一顿急吼。

阿栗慌了神，错愕不已，不知将脸上残留的笑容搬到哪儿。最终，他重新调整面部神经，将变形的一丝苦笑堆积在嘴角。

“我是说，你挺会卖东西的。”阿栗的手溜出了裤袋，他摊开双手，一脸委屈地说。

头巾青年忽然插进来：“姑娘，其实我刚才是想说，你再不老实，我们可就没法谈合作了。”

他的声音忽然柔和得像在抚摸一只猫，一股讨好味儿。我知道，事情有了转机，主动权站到了我这边。

“你们到底要干吗？”我不客气地问。

“我们是‘颤栗’乐队，我是颤士，他是阿栗，搞说唱乐的。我俩想卖点儿乐队的周边产品，嘻哈帽、头巾、手链、项链什么的，像你上次卖的‘颤栗’乐队的T恤，就挺好。”头巾青年向我解释道。

“你们是想让我帮着做产品宣传、推广和销售？”我笑了。

“确切地说，目的是通过销售周边产品，来宣传和推广我们的音乐。”阿栗说。

从大一起，我就花费了大量时间在学校后门的小吃一条街摆地摊。我卖各种东西：袜子、头饰、拖鞋、坐垫、眼罩、卡贴、手机壳、热水袋等等。总之，卖的货品根据气候天气和流行趋势而定。由于我长期占据着学校后门出口的一个黄金位置，生意还算火爆，很多同学也成了我的老主顾。另外，我还认识了旁边摊位卖打口CD的辍学青年小伍，和他成了朋友。

凡是能丰富货源、知名度和欢迎度还成的商品，我都卖。因此，当“颤栗”乐队邀请我同他们合作时，我想也没想就答应了。

“你叫什么名字？”阿栗最后问。

“Peggy。”我说。

“Piggy？！”阿栗大惊。

“Peggy。”

“Piggy！”

“随你吧。”我蹲下身，从背包里拿出发饰和首饰，将它们一件一件地摆在面前的黑布上。

4

和阿栗熟识后，他一有时间就跑到我摆地摊的地方，用各式情话轮番轰炸我的耳朵。

阿栗说，第一次和我见面那晚，他拿着买下的T恤匆匆走掉，却一路回头，急切地张望，捕捉和我眼神交汇的那一秒。他说，所谓的一见钟情，就是你的眼睛忽然长了脚，一个劲儿地跟着喜欢的人跑；眼神进行的每一次追逐、躲闪，都是为了验证预感中的前世相识，为了认证命运般的今生相认。

我说，屁的，那晚操场上那么黑，走出十米你就会看不见我。

阿栗问：“Piggy，我有什么不好？”

我答：“你人不错，但我俩不配。”

阿栗追问：“Piggy，什么叫不配？”

我说：“不配就是吃馒头喝咖啡，用西红柿炒卤蛋，穿西装时搭球鞋，用运动装配丝袜，不配就是两件物品不能和谐，两个人不能共处。”

阿栗睁大眼睛看着我：“这词儿可以用来说唱。”

阿栗又说：“Piggy，你知不知道，和你在一起，连时间也温柔起来。”

“阿栗，滚去写你的歌词，就是别针对我。”我从地摊上拿起一个靠垫，带着满身的鸡皮疙瘩，企图用它将阿栗砸回学校。

阿栗离开后，小伍凑到我面前问：“你真的一点儿也不喜欢他？”

我说：“我真的不喜欢话太多的男生，只要他一开口，总是溅你一身的油点子。”

小伍笑道：“可阿栗对你说的，都是情话啊。”

我一时不知道说什么。

5

自从我的地摊上出现“颤栗”乐队的周边产品后，生意还挺好。但多数同学看中的，不是T恤图案的新奇设计，就是帽子式样的新潮独特。对于“颤栗”乐队的说唱乐，捧场王很多，真粉丝极少。

“Piggy，大家是喜欢说唱乐，还是喜欢说唱装备和说唱现场透出的酷炫叛逆劲儿？我总觉得有点儿喧宾夺主、本末倒置的感觉。”一天，阿栗来到我的摊位前，第一次未脱口而出肉麻的情话。

“你觉得，成都这个城市需要说唱乐吗？”我问阿栗，“这里既没压力又没压迫，就连石头缝儿也装满了轻松和休闲。”

阿栗沉吟片刻，问我：“你的意思是，我唱错了城市？”

“成都是火锅的发源地，却不是说唱音乐的老家。”我开始满嘴跑起火车来，“阿栗，你想想，要把说唱玩透玩火，就得跳进源头，一个猛子扎下去，才能扎得深、学得透，技艺也才能提炼至炉火纯青。如果你真的喜欢说唱，就去北京、去西安，去远离成都的任何一个地方，彻底摆脱掉这里的火锅味、休闲气。”

阿栗听得两眼放光，良久，他不无伤感却异常坚定地对我说：“你在成都等我。”

等你个大头鬼！我在心里骂道，却一脸假笑地看着阿栗。

“如果你不想做我的女朋友，我可以等；如果有人想做我的女朋友，我会告诉她不行的原因。因为我在等一个人，等她的一个吻。”阿栗又开始了他肉麻的情话之旅。

“不矫情你会死吗？”我问阿栗。

“你对情话不过敏吗？”阿栗问我。

“是我这里对它不过敏。”我指了指心脏。

阿栗看着我，默然不语。

6

一周后，颤士来到我的摊位前，扔给我一件白T恤。

“行啊，姑娘，你一句话就让阿栗去了北京。要是他不回成都，要是‘颤栗’乐队就此解散，你就是罪魁祸首。”

颤士撂下这句话，转身就走，肩上的小辫子愤怒地跳个不停。

我傻愣在那里，想着一个比我更傻的人。他的每一句情话，我连标点符号也不会信；我的一句玩笑话，却成了决定他人生的金玉良言。

我看着那件卖价300元的签名T恤，回想起那次迎新会上，阿栗用签字笔写下这两行字时认真的表情。

想念一个人，总是从他离开开始。

7

大二结束的时候，也是阿栗休学的半年后，我因为长期逃课，整个学期的上课次数屈指可数，年轻气盛的辅导员终于沉不住气，把我叫到办公室，狠狠训斥了一顿。

“把你家长叫来！”见我毫无悔改之意，辅导员命令我。

“不行。”我直说。

“不行？！”她吼道。

“我妈去了非洲。”我淡然一笑。

辅导员一愣，更加怒火中烧：“那把你爸叫来！”

“我爸死了。”我的反应出奇平静。

辅导员将学生手册翻得“哗啦”响，终于，她站起来，把手册砸在桌子上，叉着腰问我：“你是孤儿还是什么的？”

我试着让双眼横着看向左边，再转向右边，还是没忍住，眼泪开始“哗啦哗啦”地往下掉。

辅导员见状，严肃愤怒的表情收起了一大半。

半晌，她忽然拉过我的一只手，试着春风化雨般安慰我：“其实我听其他同学说过，你一直勤工俭学，从大一就自己赚钱，但你不能老是逃课做这些事啊。还有，你不能拿父母开玩笑，对我撒些莫名其妙的谎啊……”

我仍旧抽抽搭搭地哭，辅导员的话一句也没听进去。或许她并不相信，但这是我有生以来面对老师责问，做出的最诚实的回答。

我受够了。整个过程中，我脑子里唯一考虑的事情就是退学，退学后的第一件事情就是离开成都，去北京找阿栗。

直到最后一刻，我才明白，我是如此相信这个名字，相信这个名字能承载我所有的沮丧和委屈。

8

那天从辅导员办公室出来后，我直接去地摊前找了小伍。

我告诉小伍，自己找不到念大学的意义，找不到人生的价值，想退学。

小伍静静听着，不吭一声，慢慢从背包里取出那个已经死绝了的索尼CD机。他从装满打口CD的纸箱子里翻出两张碟，抬头冲我说："阿栗走之前，让我向你推荐两首歌，一首是在你心情很好的时候听，另一首是心情极坏的时候听。现在，你想先听哪首？"

"心情极坏时候听的。"我惊讶阿栗还为我留下了歌。

小伍放好CD，将耳机递给我。

是甲壳虫的《Nowhere Man》。

一曲终了，我问小伍："心情很好时听的那首，我现在能听？"

小伍装上了另一张CD。

是迈克尔·杰克逊的《Ben》。

前一首歌述说了青年对人生特有的困惑和迷茫，后一首歌表达的则是守护和陪伴。听完歌曲，我将CD机和耳机还给了小伍。

“你家里什么情况，阿栗早就查过了。”小伍忽然说，“他说，他对你说的每一句情话，不是为了要你动情，而是为了逗你开心。”

我全身触电般的惊了一下。

“他还说，喜欢一个人，就是对她改变自己的表达方式。他玩说唱，能对全世界嬉笑怒骂，却只能对你说肉麻情话。”小伍劝我说，“所以，不管阿栗在哪儿，不管你遇到什么，有这么一个人逗你开心，至始至终对你柔软到底，你能坚强地念完大学吗？”我留了下来。

9

大学毕业后，我寄了一件白T恤给远在北京的阿栗，上面印了一句话：心是情话的过敏源。我在成都等你。签名是Piggy。

没过多久，阿栗从北京寄给了我一个白色的马克杯。好几次，杯子从半米高的桌子上摔下来，也没摔碎，只是杯耳受了伤，断掉了三分之一。往杯子里注入热水后，杯身会显现出一行字：我愿将歌声献给听众，将生活献给你。

爱情，不过是播种一个个求证，收获一次次证明。

你是我的路

1

刚敷完面膜，鲁奔打来了电话。

“玉林串串去？”鲁奔直奔主题。

“减肥呢。”我拒绝。

“盆盆虾去？”

“才跳完郑多燕呢。”

“夜啤去。”

“要睡美容觉呢。”

“西昌火盆烧烤去。”

“我马上下楼！”

叫了个uber，下车时看了下表，已经夜里十点半了。

火盆烧烤的店里依旧火红，座无虚席。

眼睛正四处搜寻定位鲁奔的档儿，不知从哪儿伸出一只胳膊，拉着我就往路边一辆福特汽车里拖。

我大惊，扯着嗓子直喊“绑架啊”。

旁边的鲁奔嗤笑一声：“没胸没颜没钱的，谁会绑你？”

我说：“吃个烧烤能不能友好点儿呢，火盆烧烤在那边，你这是要把我带到哪儿？”

“KTV去，我叫了一群高中同学。”鲁奔关上车门，发动汽车。

“OMG！”我大声反对，“不想唱歌，我要吃烧烤。鲁奔你他妈的骗我，不是说好的火盆烧烤吗？”

“不说烧烤你会来吗？”鲁奔搁在方向盘上的手停留了几秒，问我，“OMG是什么意思？”

我冷笑着说：“你猜。”

“猜个毛，快说！”鲁奔是我的高中同学，高个、肥胖的外形特征发扬至今。

他在一家 4S 店上班，前两个月不知从哪儿打听到我的电话号码，开始时不时约我出来吃饭喝酒 K 歌各种玩儿。当然，每次都有不下五个人在场。

汽车驶上高架桥的时候，鲁奔又问了我一遍：“OMG 是什么意思？”

我说：“意思是‘Oh，my god’。英语还能再烂点儿吗？”

鲁奔例外地没反驳我，说了声“哦”。

2

走进 KTV 包间，我才知道鲁奔再次骗了我。在场的人有男有女，却没一个是我的高中同学，全是陌生面孔。

虽然知道一踏出这个包间就会忘记，大家还是相互交换了各自的名字。

隔会儿，酒瓶开始不间断地碰撞，有人唱歌，有人扯着嗓子说话，在场的人都在尽力制造更多更杂更闹的声音。好像用声音堵住各种沉默，就没人寂寞了。

玩了半个小时，喝光了两箱啤酒，有人提议，讲一讲你听过的最离奇的表白地点。

大家来了兴致，噼里啪啦说了一通。

我总结了一下，俗气版本是表白选在校园里、商场里；土豪版本是表白选在游轮上、直升机里；创意版本是表白选在海洋馆水族箱里、世界上最冷的冰岛上。

这些都太常见了，大家直呼不过瘾。

我喝了口酒，挂在记忆箱子上的锁猛地被撬开，我定定神，扫视一圈全场，说：“我给大家讲一个吧。”

为了保留悬念，暂且把故事里的男主角称作 B，女主角叫作 J 吧。

3

B 念高一时，班里转来了一个女生 J，就坐在 B 的后面。

第一次地理课上，老师提出了一个开放式问题：学好地理有什么用。

B 记得班里一个戴着圆框眼镜、长得像哈利·波特的男生回答道：“学好地理，就知道去全国各地的路怎么走。”

B 在心里骂了一句“傻逼”，竟然说出这么无聊实用的答案，还要不要活跃课堂气氛了？ B 正这么想着，嘴巴就失控了。

B 说：“有个毛用，又不能知道去姑娘心里的路怎么走。”

B 是大舌头，声音雄浑低沉，整个班都听到了。

地理老师让 B 站起来，重复一遍刚才说的话。

B 立马改口道：“我是觉得，学好地理的最大用处，就是大学毕业后能在本地当导游，为乐山旅游事业做贡献，服务于民、造福于人。”

J 笑趴在桌子上，心想，哈哈，太机智了，少年。

课后，B 用手指戳 J 的背，要带她吃嫩豆花去。

J 愣了一下。

B 说："你不是成都来的吗，我要给你当导游啊。"

B 开始给 J 当导游，一当就是三年。

顺便提一句，J 是我所见过的最没救的路痴，完全能气死所有规范路标路牌的工作人员，辜负城市地标建筑设计师的良苦用心。对 J 来说，道路和建筑不过是横着的石头和竖起的石头而已。很难说清是 J 的归纳能力太强，还是区分能力太弱。

离高考还有一个月的时候，学校给高三毕业生减压，安排各班师生分批游览乐山大佛。

那时带领 B 和 J 的班主任丁老师是教历史的，职业病复发，一路上都在给同学讲解乐山大佛的历史。

乐山大佛依山凿成、临江危坐，看上去气势恢弘、霸气威武。大佛脚下，一条又宽又长的大江横亘在大佛与城市之间，大渡河、青衣江和岷江三江河流的江水在这里汇集聚合，水势已趋平徐缓。

丁老师问面前三十几个同学："同学们，你们知道大佛坐高多少米，大佛的发髻有多少个吗？”

同学们乱猜一通。

B 对旁边的 J 说：“看了这么多年，我还是觉得乐山大佛像坐在马桶上，对着整个城市上大号。”

J 就笑了。

丁老师又说：“同学们，光是大佛的脚面，就有 8.5 米宽，上面可以围坐百人以上哦。”

B 接着对 J 说：“听说大佛有脚臭，想不想闻闻？”

J 笑得更欢快了。

这个时候，B 和 J 都不知道，班主任和在场同学的所有注意力都放到了他俩身上。B 的嗓音太响，J 的笑声太大了。而 B 和 J 呢，一个沉浸在对方的笑容里，一个陶醉于对方的笑话里。

所以当 B 对 J 说出那句“让我做你的男朋友吧。我在大佛面前发誓，一生一世照顾你”时，所有人都听到了。而当 J 对 B 点了点头时，所有人都看到了。

4

我问 KTV 包间里的众人：“在乐山大佛面前表白，这地点算不算最离奇？”

后来呢，后来呢，后来呢。大家不再介意地点，只关心事态的发展。

我说，后来就毕业了，上大学了。B 和 J 考上了同一所大学，理所当然地在一起了。

在微亮的光线中，我也能看到大家眼里的光失望地撤走。

可这个故事只有一条路。没有噱头，没有转折，没有戏剧。

坐在沙发一角的鲁奔不知何时点了一支烟。他看着手里的烟头，接过了我的话茬：“后来，B 和 J 结了婚，本以为走上了幸福的道路。B 却开始不断加班，不停应酬，常常喝酒到凌晨两三点。每晚几乎都是代驾将他送回家。J 渐渐受不了，最终选择和 B 离婚。”

在场的几个年轻女人发出了几声遗憾的叹息。一分钟后，大家忘了这事儿，继续唱歌喝酒聊天。

鲁奔坐在沙发上发呆。

我走过去，一只手抓住他的手腕，另一只手捂住胃，痛苦地对他说：“胖子，我想吐！带我出去透透气。”

鲁奔把我扶到街边，说了声“先忍忍”，去附近的便利店买了一个塑料袋。

几分钟后，我对拿着塑料袋走向我的鲁奔说：“你和金莹离婚了？”

鲁奔骂道：“你不想吐啊！你他妈的骗我啊！”

“你不也骗了我吗？我什么时候和KTV那些人成高中同学了？”我问鲁奔，“他们都是谁啊？”

“酒友而已。”鲁奔说，“陪我兜兜风吧。”

5

鲁奔载着我在深夜的城市里开了很久，一路无言。

眼看着汽车要驶出三环，进入郊区，我终于发现鲁奔几乎把整个成都主道包了一圈。

“没事吧？”我试探着问鲁奔。

鲁奔说：“怎么会没事，我这可是酒驾。”

我呜哇乱叫了很久。

“你方向感好吗？”鲁奔忽然问我。

“什么意思？”

“我换句话问，你是路痴吗？”

“不是。”我已经意识到鲁奔要谈起金莹。高中那会儿，我之所以如此清楚鲁奔和金莹的事，是因为我和金莹当了三年的同桌。

“以前我一直觉得奇怪，为什么我再怎么教金莹认路、记路，如何参考标志物，如何构建空间想象力，她还是一点儿也学不会呢？”鲁奔说，直直地盯着前方一点。

我说：“不奇怪，有些人天生就对某种事物毫无敏感度。比如，对于那些患有阅读障碍的人来说，书上的铅字并不是固定的，而是呈放射状散开的，因此无法用眼睛聚焦，也就无法阅读。”

鲁奔摇着头说：“不是的，金莹的情况不是这样子的。”

鲁奔的工作需要经常加班，陪客户喝酒也是工作内容之一。鲁奔厌倦了找代驾，某天对金莹提起，要不去驾校学开车吧，偶尔也能接我回家。金莹说，我又不认识路，就算学会了，每个月的油钱估计也会成倍涨，还不如找代驾呢。鲁奔又搬出那个他们经常争执的老问题：你能不能稍微学着点儿看路、记路呢？金莹只用了一句话，就让鲁奔再也没提过认路的事。

我问鲁奔，金莹说了什么。

鲁奔忽然将脸侧向窗外，用手擦了擦眼角，轻声道：“金莹说，我不看路，我只看你啊。你是我的路。你就是出发点，你也是目的地。跟着你，不会错。”

“最后，为什么还是错了呢？”我小心地问。

鲁奔猛踩刹车，车停了下来。

6

一年前的某天晚上，鲁奔照常喝醉酒回家，不幸找了一辆冒充代驾的黑车。

司机把车开到一个鲜有人知的黑暗小巷，准备抢走鲁奔身上的钱包和手机。鲁奔酒醒了一半，力图反抗，却使不上劲儿，最后挨了对方一顿臭揍。

鲁奔被扔到路边，黑车扬长而去。

钱包和手机没了，鲁奔走了一个多小时，总算看到一家二十四小时便利店。鲁奔报了警，回到家时已凌晨五点。

要是没有那次事故，金莹也不会下决心学开车。

要是金莹没学会开车，也不会在某次倒车时被一辆吉普车撞飞。

我坐在鲁奔的车里，心拧紧般的疼，身体好似在一点儿一点儿地往下坠。

很久以后，我对趴在方向盘上的鲁奔说：“对不起，刚才在 KTV 里，不该提起表白那事儿的。”

呜咽声从鲁奔脸下传来：“拜托你，下次可不可以不要取那么难听的名字。B 和 J，你把两个字母换个位置念念呢？”

我说：“嗯，对不起。”

鲁奔抬起头，擦了擦眼泪，看着我问：“我在想，她在天堂里迷路了怎么办，她可是路痴啊。”

听到这话，我的眼泪立马下来了。

我想起金莹对鲁奔说的那句话：我不看路，我只看你啊。你是我的路。你就是出发点，你也是目的地。跟着你，不会错。

我对鲁奔说："放心吧，天堂里只有一条路，你就是她的那条路。既然只有一条路，又怎么会迷路呢？"

鲁奔想了想，点点头说："刚才你说 OMG 的时候，你知道我第一时间想到什么了吗？"

我摇摇头。

"是'Oh，my girl'，"鲁奔说，"我想起了金莹，那个属于我的女孩。"

爱

这是小时候妈妈给我讲的睡前故事，曾温暖了被窝里的我。现在分享给你，希望你也能听得暖暖的。

从前，有两个艺术家，男的叫鲁西，女的叫贝安。

鲁西在七岁的时候，画了一幅水彩画。画里那个手捧雏菊的女孩穿着白绸裙，正步态优雅地穿越大片金黄色的玉米地。这幅画被鲁西的爸爸裱了起来，并成功地卖给了镇上最大的杂货商。杂货商向鲁西的爸爸断言，鲁西将来会成为一名天赋超群的画家，并把那幅画挂在了店里顾客一眼就能望到的橱窗上。

鲁西成年后，带着一个被岁月打磨得异常陈旧的破皮箱和未经打磨的崭新梦想离开了家乡。箱子里装有一个画板、一沓画纸、一打铅笔和几盒颜料。他要去的地方是最蒙城，那是梦想开始的地方。

贝安在念小学的时候，就有多篇作文登上了校刊。虽然她的文章只占据着刊物的一角，但贝安从那个小小的角落望进去，看到的却是一扇大大敞开的梦想之门。长大后，贝安买了一张车票，就坐上了开往最蒙城的火车。

鲁西和贝安是在一个艺术家聚会上认识的。说是艺术家聚会，其实只不过是那些壮志未酬、穷困潦倒的艺术家互相安慰、疗伤的地方。换句话说，是他们之所以还能撑下去的地方。

聚会上，鲁西和贝安端着兑了水的廉价威士忌，不知怎么就走到一块儿，并聊了起来。两人交换了各自对艺术的见解和憧憬后，惊讶地发现自己与对方如同一副配套的桌椅般合拍。鲁西和贝安当即决定，从艺术街破败的单身宿舍搬出来，合租一套带洗手间和浴缸的公寓。

“我有预感，你会成为一名伟大的画家。”聚会结束后，贝安对鲁西说。

“毋庸置疑，我将见证20世纪最优秀作家的成长和成名。”鲁西拍了拍贝安的肩。

鲁西和贝安同时笑起来。两人都知道，自己与其说是在夸奖对方，不如说是在为自己鼓劲儿。

要成为最蒙城的画家和作家，多难啊。

在浩渺璀璨的艺术星空里，最蒙城无疑是最美最亮的那一颗。在地图上，最蒙城的形状看上去像一只蹲着的母鸡。而事实上，它就是一只孵化年轻人梦想之蛋的巨型母鸡。一些人的梦想破壳而出了，当然，大多数人的梦想鸡飞蛋打了。但这丝毫不会阻止年轻人前往最蒙城的步伐。因为所谓的梦想，本身就是如此。

鲁西几乎整个白天都在最蒙城的各个地方取景画画，而贝安总是在公寓里的餐桌边写作，顺便做两碗蛋炒饭当两人的晚餐。

几个月后的一天，两人同时发现了一件可怕的事：鲁西用掉了最后一张画纸，贝安填满了最后一张稿纸。更可怕的是，米缸里只剩最后一粒米。

贝安将那本贴有她在各大报纸上发表文章的剪贴簿夹在胳膊下，急匆匆地就往外面赶。

“贝安，天这么黑了，你上哪儿去？”鲁西在门口拦住了贝安。

“我想出去找找，附近有没有哪家人的孩子要学写作文的。”贝安有些难为情。

前面已经说过，鲁西和贝安在艺术上惊人地一致，这种一致性里也包括他俩对艺术的态度。鲁西坚决认为自己的画作出现的时间只能是一年一度的画展，出现的地点只能是美术馆的墙上。而贝安觉得，自己写下的文章除了印刷成铅字，待在报纸和书籍里外，别无他处可去。

“难道你不打算继续写作？难不成面包终究要取代梦想？”鲁西又气又恼。

“怎么会？！”贝安极力反驳，“我只是抽点儿时间给学生上课赚点儿生活费而已。我可以白天上课，晚上写作。再说了，我俩的笔需要喂饱，肚子也得喂饱啊。”

“好吧，”鲁西想想后说，“不过，当老师只是暂时的，当艺术家才是你的归宿。”

第二天，贝安开始给一位珠宝商的女儿上作文课，鲁西则继续背着画板在最蒙城写生。

一周后，贝安把十张钞票整齐地摆放在餐桌上。她的脸上挂着疲惫，声音却清亮喜悦。

“鲁西，我真不敢相信，一个珠宝商的女儿居然如此童真纯洁。我真想让你看看她写的作文。她的想象力不是插上了一对翅膀，而是长出了无数对翅膀。珠宝商本人也特别热情大方。他总是站在一旁，托着一个看上去又大又沉的托盘。托盘里放着一壶咖啡和几盘曲奇饼。那是特意替我们准备的下午茶。”

贝安说得越多，她那大大的眼睛就越亮：“珠宝商给出的学费不低，人也殷勤慷慨，我还有什么可抱怨的呢？”

可鲁西却有抱怨的地方。作为一个善于捕捉细节的敏感画家，他明显地觉察到了贝安的疲惫。就算贝安以轻快活泼的声音做掩盖，疲倦之感还是能从她的表情或动作里渗透出来。

鲁西去厨房给贝安沏了一壶茶。在泡茶的时候，窗外的路灯依次打开，把街道和楼房照得异常明亮。鲁西觉得，自己的心里也跟着亮了起来。

“贝安，我想过了，不能老是让你一个人赚钱养着咱俩。从明天开始，我打算出去卖画。”鲁西刚把茶端上餐桌，就告诉了贝安自己的决定。

“可你不是说过，绝不推销、叫卖自己的画吗？”

“为了你，这点儿付出值得。”鲁西说。

七天后，餐桌上属于贝安的十张钞票旁，又多了另外十张崭新的钞票。

“这么说，你的画卖出去了？！”贝安喜不自禁地叫起来，“我早说过了，你的画在最蒙城绝对值钱！”

“嗯。卖给了一个香蕉商。他准备下次再买一幅。”鲁西淡然一笑，举起了提着塑料袋的手，“喏，这个好心的商人还送了我一大袋子香蕉呢。”

那晚，餐桌上的牛排和意大利面代替了百年不变的蛋炒饭。贝安还做了香蕉布丁，当作饭后甜点。

贝安受伤是三周后的事。

那天，贝安一瘸一拐地走进屋，艰难地把十张钞票放到了餐桌上。

还没等鲁西问起，贝安就先解释起来:“谁能想到，珠宝商的女儿那么调皮呢?

今天下午她刚修改好一篇作文，就拉着我急急忙忙地去拿珠宝商手里端着的咖啡和曲奇。或许是用力过猛，珠宝商的手歪向一边，托盘掉了下来，正好砸在了我的脚上。那个托盘，也不知道是什么材质的，居然像石头一样重。”

鲁西蹲下身，撩起了贝安的裤管。看到上面贴的膏药后，鲁西忍不住皱起了眉头。

“不用担心。珠宝商的女儿向我道过歉了。那个珠宝商还心急火燎地请来了医生，替我用冰块消了肿，还贴了膏药。”贝安急忙道，“而且，他还请我吃了香蕉呢。”

鲁西的眉头皱得更深了，他拉着贝安的手，郑重地问：“贝安，这几个礼拜，你到底在干什么工作呀？”

“给木材厂搬木头啊。哦，不，我是说，给珠宝商的女儿上作文课啊。”看着鲁西越来越怀疑的表情，贝安瞒不住了，哭了起来，“对不起。我根本没给谁的女儿上作文课。那晚我敲遍了几条街的门，也没人要我，所以我就去了木材厂。你知道，我的鼻子搬起木头来还挺好使。就在昨天，一个工人搬木头时，不小心砸到了我的脚。”

鲁西把贝安扶到餐桌旁的椅子边坐下。贝安注意到餐桌上又多了十张钞票。

“瞧，你又卖出了画。”贝安问，“这次还是卖给了那个香蕉商吗？”

“的确有一个香蕉商。”鲁西说，“不过他没从我手里买过一幅画。我的画根本卖不出去。这几个礼拜，我都是通过替香蕉商卖香蕉赚钱。”

贝安惊讶地望着鲁西。

“就在今天，香蕉商让我给木材厂送一批香蕉，据说是木材厂老板犒劳给工人的额外福利。我把香蕉送到木材厂时，听守门人说厂里有一名工人被砸到了脚，就又跑了一趟药店，拿了冰和药膏给守门人。”鲁西解释道。

贝安和鲁西沉默了一会儿，接着便同时大笑起来。两人都知道，自己与其说是在笑话生活中的巧合和滑稽，不如说是在笑话对方付出的那份傻傻的爱。

在浩渺璀璨的艺术星空里，最蒙城无疑是最美最亮的那一颗。在成为最蒙城的画家和作家之前，首先你得学会爱。在这一点上，猴子鲁西和大象贝安的想法惊人地一致。

Chapter

04

不惧怕黑暗是因为不甘

爸爸的那笔钱

1

我爸赌，四十岁，知天命之年，他却一头扎进麻将桌，随后掉进了监狱里。

干会计的，管钱，没管住自己，我爸挪用公款二十几万，三天两夜，在牌桌上输得精光。

几个月后，东窗事发，我爸被判有期徒刑五年。

我妈见到我爸的最后一次，他被几个警察反扣住双手，押着，甩进警车，像一个寄往监狱的包裹。

车刚开走，天忽降倾盆大雨。为躲避我爸的债主，我妈和几个邻居正忙着将几个装有贵重物品的纸箱搬进一辆面包车，准备当晚就离开当时居住的小县城。我妈全身湿透，狼狈不堪，身边却没一个人带有雨伞。

我妈在搬最后一个纸箱时，不慎脚底一滑，纸箱飞了出去，里面装有戒指、项链、耳环的首饰盒散落一地，各类证书和资料文件很快被雨水打湿，漫漶一片。

我妈知道，以后，洪水来袭之际，再也无人为她撑船渡岸；大雨将至之时，不会有人替她撑起保护伞。

在将地上的物品一一捡回纸箱的过程中，我妈忍不住大哭起来。

我见到我爸的最后一次，是在事发半年前，大学一年级的那个暑假。

那天，我开门进屋后，一眼瞅见餐桌上的泡沫饭盒。饭盒打开着，里面剩着几根鸡腿骨头。我正要破口大骂，谁吃鸡腿也不给我留一个，却发现客厅里透出一股幽蓝的光。

我走进客厅，看见我爸盘腿坐在地上，正在数钱。

茶几、地板、沙发上落叶般铺满了一张张百元钞。客厅里开了一盏蓝光灯，所有家具和物品都蒙上了一层蓝光，整个房间仿佛被移至了深海底。蓝光照在粉红色的纸币上，显得奇特诡异。

我爸坐在沙发上，数好一沓人民币，在大腿上跺平，又用一根橡皮筋扎好，再将砖块般厚度的纸币放在脚边。那里已经摞了不少。

我对钱没什么概念，相反，从我懂事起，“爸爸”这两个字在我心中只剩下概念。我本打算不闻不问，扭头就走，但我爸的神情和动作像一块磁石，吸引力十足，把我的脚牢牢地焊接在客厅地板上。

我扶着门框，就这样看着我爸数钱、理钱、捆钱。由于我爸过于专注认真，竟没意识到门前的我。兴许，他这辈子就从没意识到除他自己以外的任何人，自私自我的家伙都这样。

时间溪水似的潺潺流过，直到墙上的挂钟敲响，我和我爸才从沉浸于各自的时间摇篮里猛然清醒过来。

“小忍，是你。”我爸停下手中的动作，抬起头，声音很小很轻，仿佛一条鱼从嘴里吐出了一个不易觉察的气泡。

“下次，买了鸡腿给我和妈留一个，别那么自私。”我在脑子里东挑西拣了一阵，终于将这句话撂到地上，转身走进了自己的房间。

没想到，我和我妈没等到我爸的鸡腿，却开始了因他而起的五年漫长等待。

2

大二的时候，我交了一个男朋友，名叫蓝树。

蓝树是一名田径运动员，爱好健身，每一寸皮肤几乎都经过打磨、加固，整个人坚如磐石般稳健牢固。最重要的是，蓝树外刚内柔，温柔至极，我对他所有的抱怨、牢骚和怒骂都能在他身上实现软着陆。我的坏脾气是一颗子弹，但蓝树的心是棉花。

或许，正是由于蓝树的性格，我视他为一个温暖的窝、一张柔软的床，供我舔舐伤口，让我倾诉衷肠。

和蓝树在一起的日子，我对他谈得最多的就是我爸。在我给蓝树讲述的有关我爸的一切里，他最感兴趣的是我爸在客厅里数钱这件事。

“你有没有想过，客厅里那笔钱，到底是你爸赌博赢来的，还是即将压在牌桌上的赌注？”某个晚上，我和蓝树并排躺在学校操场草坪上，看着天空中的星星时，他提出了疑问。

我告诉蓝树，自己从没想过这个问题，如同从没想过我和我爸糟糕的父女问题一样。

“不管是赌前还是赌后，我都觉得这笔钱和赌徒不太沾边。”蓝树说。

“什么意思？”我对我爸的兴趣探出头，第一次冒出水面。

“一个沉迷赌博的人，如果赢了一大笔钱，表情和神态会那么风轻云淡？谁不是将窗帘一拉，把灯光调暗，躲藏在暗处独享运气的青睐？”蓝树娓娓道来。

我盯着夜空中的几颗星，“唔”了一声。

蓝树继续分析道："如果那笔钱不是赢来的，而是取出来准备带入赌场的，你爸又何必那么认真仔细、毫无必要地清数一遍？"

我琢磨着蓝树这句话，回忆起我爸数钱时平静的脸和淡定的表情。

那天，我爸的动作既机械化又事务性，仿佛手中握着的不是白花花的钞票，而是一沓试卷或一摞打印纸。细想起来，他的眼神，完全和同金钱挂钩的刺激与贪婪绝缘。这也是当时的我久久伫立原地，不愿离去的原因。

我定定地注视着缀满星星、悬挂月亮的夜空，顿觉这是我和我爸距离的最佳写照：有光，无热，距离一直远，却永远看得见。

"蓝树，你觉得女儿真的有可能理解父亲吗？我们这一代和父辈的想法，估计比贫富差距还要大吧。"几分钟后，我问蓝树。

"如果你不能很好地接近一个人，就先接近他的一个想法。"蓝树建议道，"人的一个想法就是一条车辐，你知道的想法多了，就知道由众多车辐构成的车轮是怎么运转的。"

蓝树的建议绝不是冲动的产物，却让我有一种实施建议的冲动。

第一次，我想了解一个亲人，他是我爸。

3

我和蓝树坐在学校附近的“绿杯子”咖啡馆里，我喝黑咖啡，他喝卡布奇诺。蓝树面前放了一个笔记本、一支笔。

“从我记事起，我爸就特别忙，像一台从白天开到晚上的电视机，不停地播放频道切换频道，不断地从一件事跳到另一件事上。

“有一次，我念小学六年级的时候，对晚归回家，坐在餐桌前一边翻阅文件一边吃晚饭的爸爸说：‘爸，你累了，干吗不把所有的事放一放，干吗不拔掉插板上所有的插头，让自己停一会儿电？’

“‘因为今天不是世界停电日啊。’我爸是这样回答我的。‘轻言细语’和‘笑容满面’这两个形容词，完全能印刷到我爸的名片上。

“除此之外，我爸颇具幽默感。不管多忙多累，幽默感这种东西，总是被他随身携带，见缝插针进行使用。

“我曾经在餐桌上，问及牛仔裤右侧口袋里最小的口袋到底是用来装什么的，我妈猜测是装打火机和硬币的，我说是插 IPOD SHUFFLE 或 NANO 的，我爸却告诉我们，那是用来储存幽默感的，还说幽默感这种东西并不是每个人都有，所以大多数人牛仔裤口袋里的小口袋都空着。我爸由于在当时供职的单位有较大的权力和较高的地位，平时上班都穿牛仔裤和便装。

“所以，如果要收集你口中所说的，一条代表我爸想法的车辐，那我爸喜欢逗人笑，喜欢穿牛仔裤应该能算一条。”

我一口气对蓝树陈述完我爸的以上特征，喝了一大口咖啡，看着他用笔在纸上记下：小忍的爸爸幽默、随性。

“我们这样一本正经地回忆，一板一眼地做笔记，会不会很可笑？”我有点儿吃不准，我和蓝树的行为是否离愚蠢只有一步之遥。

“不管是否可笑，有效就好。”蓝树的样子，丝毫不像是在开玩笑。

4

下一次，和蓝树谈及我爸时，是在学校图书馆一角。这次，换他提问，我回答。

“在你印象中，你爸对你做过最亲密的举动是什么？”蓝树照常拿出笔记本和笔，放在桌上。

我潜入记忆的海洋，老半天才捞出一点儿零星的片断。

“从小学一年级到四年级，我爸晚上回家的时候，我都已经上床睡觉了。他总会来到我的床边，亲一下我的脸。我之所以知道来人是我爸，是因为他那扎脸的胡渣。后来，我很多次给我爸提过，别在我睡觉的时候亲我，睡得酣畅的时候被刺猬扎一下的感觉不好受。可我爸却坚持这样做，还说，亲一下我的脸，代表道一声晚安。”我既好笑又好气地告诉蓝树，这或许是我爸做出的唯一亲密举动了。

蓝树在笔记本上匆匆写下了什么。

“那，你爸对你做出的最尴尬的事情呢？”蓝树问。

我用力捋平起皱的记忆，想起了一件事，未开口前我先红了脸。

“洗内裤。”我慌忙丢出这三个字，好似下一秒就会背负着为难和害羞，夺门而逃。

蓝树脸上的平静是一双手，按住了我的肩膀，让我起伏的情绪渐渐稳定，并鼓励我继续说下去。

“好像是六年级，前一天洗完澡后忘记洗内裤了，第二天正好是周末，我去洗手间的时候，无意看见我爸正在盥洗池边洗我的内裤。当时，我窘迫得要命，一句话也说不出口。倒是我爸，无谓地耸耸肩，对我开起了玩笑，说什么‘年轻的时候，只想着扒下女孩的内裤，年老的时候，就只能替女儿洗内裤了’，什么‘岁月不饶人啊’之类的话。简直莫名其妙，羞死人了。”我停下来，看着蓝树。

“马上青春期了嘛。”蓝树插了一句，又问，“这之后呢？”

“我爸也意识到了我的反应，以后再也没有给我洗过内裤了。这之前，他连一只袜子都没洗过，不知怎么那天就心血来潮了。”我盯着蓝树的脸，困惑地说。

“你曾说你对你爸没什么感情，只剩下概念，现在看来，这话并不完全属实。”

蓝树合上了笔盖。

“我对他的印象全部停留在小学阶段好吗？那以后可以说空白一片。要说感情和概念，也只能算是摸着父爱的脚踝。”我有些愤慨，伸手拿过蓝树的笔记本，只见上面写着：小忍的爸爸是一个浪漫的人。

我从椅子上一跃而起，正欲激动地反驳蓝树，却看见他指了指图书馆墙壁上的“静”字，又做了一个“嘘”的手势。

我耐住性子，重新坐了回来。

5

如果说在我小学阶段，我爸的父爱是已交付、未装修，那么小学毕业后，我爸的父爱就仅能算是刚刚开发，只打下光秃秃的地基：不生长、不构建。地基只能是遗址，只能死在那里。

小学毕业以后，我离开小县城，去市里念书，初、高中住宿就读期间，收到最多的，是我妈的关心和我爸的钱。

也就是在那最为敏感的六年青春生长期，承载爸爸两个字的温度被冷却，色彩被抹煞，感情被消除。渐渐地，我爸变成了一辆运钞车，独立成一个简单概念。

“人类不带感情、不加修饰地创造出‘爸爸’一词，不正是把主动权抛给儿女，让他们往这个中性词里注入感情、展开评价吗？或褒或贬，或喜爱或讨厌。可我不管从哪个角度看这个词，它永远是中性的。”那天，我在蓝树家吃饭，多喝了几杯，向他抱怨了几句。

餐桌上摆着我刚从包里掏出的笔记本。笔记本里就有蓝树写下的两句话：小忍的爸爸幽默、随性。小忍的爸爸是一个浪漫的人。

除此之外，我失去了讲述这个人的任何词句，中断了发生在这个人身上的任何事件。

“小忍，在我看来，你爸要是剥去‘爸爸’这层外衣，作为一个独立的人来看，无疑是非常有趣的。”蓝树倒掉我酒杯里的酒，斟上了果汁。

“为什么不试着接近你爸，哪怕做出接近他的趋势和样子？为什么不试着站在他的位置，想想他的处境，考虑一下他沉迷赌博的原因，并孤注一掷冒风险挪用公款的原因呢？”蓝树道，“你总是把他看成你爸，却忘了他也是一个人。”

“所以呢？”我蓦地抬起头。

“所以，打电话，问问你爸，客厅里那笔钱到底是怎么回事。”蓝树说。

虽然我当即点头同意了蓝树，可打电话一事，终究拖了大半年。直到在我念大三的某一天，终于决定填补父女之间的空白。

6

接通电话后，沉默良久，我才开口叫了一声“爸”。三年没使用过这个词，一股霉味扑鼻而来。

“小忍，是你。”我爸仍旧轻言细语。

我沉默着，不知道该说什么，从何说起。

我爸打破寂静，问我：“听你妈说，你交了一个男朋友，能把我撂倒吗？打不过我，娶不了你哦。”

我想起了我爸随身携带的幽默感，忍住没笑。

我爸还是和我小时候一样。我给紧张的情绪稍加松绑，附和我爸道：“这下你穿不了牛仔裤了，幽默感装哪儿？”

“装在肚脐眼里。”我爸居然在电话里笑了。原来他什么也没忘。

沉吟片刻，我终于问起我爸，那段时间沉迷赌博的原因。直到这时，我才想起，自己从未问过关于他的事，从未关心过我爸。

事情过了那么久，我爸反而泰然自若了。他在电话里说：“有一段时间，我觉得工作和生活特别无趣，你妈不理解我，你不理我。所以，我把注意力转移到让人兴奋刺激的赌桌上。本来只是玩玩，结果却上了瘾。”

“觉得工作、生活无趣？这是一个务实的大人应该有的心态吗？”我惊讶于我爸小孩子似的语调，更惊讶我爸的回答。

“每个人都会有这种感受啊，都会在某个阶段感到无聊无趣，丧失目标、偏离方向。”

我感觉自己是在和一个老顽童或者一个小孩子说话。到底是我爸太复杂？还是我把他想得太复杂？

“那天，你在客厅里开了一盏蓝光灯，在灯下数钱的事，还记得吗？那笔钱，到底是你赢来的还是准备带到赌场的？”我问我爸。

“为什么问这个问题？”我爸说。

“男朋友想知道。”

“那是给你买房子的钱。”我爸淡然地说。

我被我爸的回答怔住了。

“你考上大学后，我和你妈准备了一笔钱，计划在市里为你买一套房子。爸爸很抱歉，把那笔钱给输掉了。我背着你妈，为了填补漏洞，于是想着挪用公款，赶着交了房子首付。本想几个月后还上，没来得及……”

我爸还没说完，我就对着电话咆哮起来：“房子算个屁！什么能比人重要！你他妈白管那么多年的钱！你他妈怎么那么幼稚？”

我爸在电话那头笑：“闺女长大了，爱说脏话了。”

我爸刚说完这句，限时电话就断了。

我在脑子里鼓捣那一条一条的车辐，试图让运转我爸行为的车轮运转起来。

很久以后，我才意识到，蓝树笔记本里记录的，关于我爸的幽默、随性和浪漫，脱去那层外衣后，呈现在家人面前的，也只不过是调皮、任性和天真。

我这才意识到，能对家人脱得精光，赤裸裸地暴露自己调皮、任性和天真的爸爸，幼稚得是如此可靠可爱。

7

今年 3 月 12 日这天，是我爸出狱的日子。我妈做了一桌子好菜，全家人等在桌边，不时瞅一眼挂钟。

晚上 8 点，门铃响了。

我打开门，看见了穿着 T 恤和牛仔裤的爸爸。他站在门外，身边搁着一个旧旅行包。

我爸的表情像极了一个孩子：在犯错后，守在门边，抹着眼泪，等着原谅。

谁能别离此

1

打开微信，我看到了四伯的更新：二十年的人生沉淀，造就了今天的风光无限。配了图：九张照片里男人们无不腰如大鼓，头如卤蛋；女人们无不笑容灿烂，胸部扩散。众人在油腻腻的火锅店围着桌子站起来，举杯，个个衣着光鲜、面色餍足。我不知道步入中年的他们是否风光无限，我只觉得他们油光满面。唯独四伯，像夹在牛肉汉堡里的一片薄绿的生菜叶，未沾肥胖、未染尘埃。

我在四伯微信下留言：你为什么总是那么瘦？

四伯很快回复我说，因为妞妞想要一个帅爸比。

2

每年春节，我和爸妈都会倒两次汽车，再换乘一条船去爷爷奶奶居住的乡下团年。爷爷奶奶安土重迁的思想不仅体现在地理位置上，还表现在饮食习惯上：饭桌上永远是乒乓球大小的汤圆和金灿灿的炸酥肉。大伯二伯和我们家早腻味了，提了鸡鸭鱼肉和城市里的各种特色美食孝敬两位老人家，只有四伯两手空空地往饭桌前一坐，埋头就开始吃汤圆。

亲戚围绕在饭桌上的话题年年都会涉及四伯的终身大事。四伯结婚两次离婚两次，中间还有过好几个女人，都散了；养过一只法国斗牛犬，死了；至今他还一个人过。

在春节联欢晚会的莺歌燕舞声中，我总能看见平静如水的桌面上逐渐浮现出一艘船。它载着家人对四伯的不满、愤怒、失望、轻视和怜悯绕着圆桌跑了一圈，最后在他的眼皮底下停住。

四伯看着船里那些板着面孔的形容词，冷冷地说一句："你们有没有想过，或许你们眼里的终身大事，在我眼里只是屁大点儿的小事？"

"屁大点儿小事？！"大伯摔掉手中的筷子，"屁大点儿小事你都做不好？！"

四伯却淡然地举起筷子，分别夹了一块酥肉放进爷爷奶奶的碗里，无视大伯道："爸、妈，今年的酥肉炸得特别好，外酥里嫩。"

吃过年夜饭，我爸把四伯叫到屋外阳台，聊了几句就掏出皮夹，取了大约一厘米厚度的百元钞往四伯手里塞。四伯也没推诿，接钱的动作和接过一个苹果一般自然。

接着，四伯从牛仔裤里掏出一个巴掌大小的软装笔记本，递给我爸看，里面写满了诗。我爸翻了翻，沉默着，只用脸上的表情说话。

这场面让我想起了梵高和提奥。梵高的弟弟提奥一辈子都在经济上供养着画画的梵高，我爸也一样。我爸他坚信四伯是一块写诗的好料子，认定他是超越时代的天才诗人，不被认可和理解是常事。也不知道我爸背着我妈给过四伯多少次钱。

四伯刚点燃一支烟，就看见了门口的我。

“哎，耘子，炸金花不？”四伯单眼皮下的两只眼睛像车前灯般点亮了。也不知为什么，亲戚里十眼九双，唯独四伯是单眼皮。

“炸个屁的金花，不管输赢，还不都是我家的钱。”爷爷奶奶是退休老师，大伯是公务员，二伯是银行经理，所有道貌岸然的亲戚中，我只会在四伯和我爸面前说脏话。

“走走走，”四伯扔掉烟头，拉起我就往客厅里冲，“我告诉你，耘子，这个炸金花呀，就像生活，乐趣在第一，输赢在其次。”

3

第一次带我接触炸金花的人，正是四伯。那年我五岁，念一年级。

那时四伯二十出头，很瘦，一米八的个儿，一头天生卷发，一对招风耳，背微驼，臀微翘；胯上洗旧的牛仔裤总是松松垮垮的，一副女人皮肤下垂的模样；上身总穿一件屎黄色的夹克，脚蹬一双刷得雪白的球鞋，总是隔三差五地往我家跑。

每次他来，我都会凑到他跟前，摸他夹克的左口袋，再摸右口袋，以为里面有糖、果脯、肉干等小零食给我，但每次摸到的都是香烟。有次我怒了，将香烟用力摔在地上，冲四伯发脾气道："你干吗总来我家啊？"

你干吗总来我家却不带礼物给我啊？这句话，我没好意思直接说。

四伯当然懂我的心思。他捡起烟，抽了一根衔在嘴上，微微一笑道："因为你家客房的床总是空的，厨房的冰箱总是满的啊。"

下一次，四伯来我家的时候，夹克右边鼓出了一大块。我开心得不得了，摸出来，却是一副扑克牌。

"耘子，这件事天知地知、你知我知，说出去的人学猫叫、学狗爬，怎么样？"四伯锁上我卧室的门，拉上窗帘，把日光和喧闹隔绝在外。

我妈买菜去了，我爸还没回家。四伯打开我做作业时用的台灯，在灯下"哗啦哗啦"地洗牌。我点了下头，既兴奋又有些害怕。

“你的存钱罐呢？拿出来。”四伯洗好牌，把牌放在写字桌上，埋下头点燃了一支烟。房里的气味立即很难闻，烟头上的火星像一头怪兽发红的独眼。

“干吗？”我警惕起来。

“下底注。”四伯不耐烦地瞥我一眼，从裤兜里掏出五块钱，“啪”的一声拍在桌上，“我现在说游戏规则。你只要用眼睛看，用脑瓜记，再闭上嘴，听明白没？”四伯弯起食指，用力弹了一下那张五元钞票，崭新的钞票像一只展翅的鸟儿朝我扑来。四伯拉开写字桌的抽屉，把烟灰弹在里面，抬起头看着我，“赢了，这钱你拿走。”

我当即砸烂了我的存钱罐，捡起里面的钱，数了数，有三块七毛，都是我一毛一毛攒起来的零花钱。

“耘子，咱们先说好，如果你输了，认命。输就是输，女儿有泪不轻弹。”四伯从我那堆角票里拿出一张，扔在五元整钞上。

“当然。”我嘴上这么说。当然，我不会输。我心里这么想。

结果我输得一塌糊涂，哭得泪流满面。

“我要告诉我妈。”隔会儿，我抽噎着，手指向抽屉，“我还要告诉她，你把烟灰磕我抽屉里。”

四伯一阵惊慌，但很快镇定下来。他将那叠一毛钞票塞进我手里，嫌恶地说：

“拿回去拿回去，还是个小女娃呢，就那么人精。我最烦女人了。”四伯往椅子上一靠，拿手臂枕着头，大长腿猛地如同折叠床一样伸出来，那双雪白的球鞋就搁桌上了，正对着我的脸。

也不知为什么我就怒了。我将手里的钱用力摔在地上，并踢了踢旁边存钱罐的碎片，坚定地说：“四伯，你得给我五块钱！”

“扯皮吧？”

“你害我摔碎了存钱罐。买存钱罐的钱，你得赔。要不我告诉我妈。”

“那存钱罐顶多值五毛。”四伯瞟了一眼地上的碎片，鼻子里发出一声轻蔑的“哼”。

“你吃我们家，住我们家，剩下的钱，算在住宿费、伙食费里。”说这话的时候，我学着楼下开茶楼的王阿姨要债时的样子，抱起胳膊，拧紧眉毛，睁大眼睛。必要时，我会用手指着四伯的鼻子。

四伯最后给了我那张五元钞票，并开始在来我家时，顺带捎给我一把糖果或者瓜子。后来我常想，或许这次事件是某种隐喻，意味着未来四伯总在和女人的战役中节节败退，一路白旗迎风飘扬。

4

我念初二的时候，四伯和一个叫作刘雅素的女人结婚了。四伯母长得很美，但我妈说，感觉四伯媳妇的性格轻飘飘的，四伯拴不住。当时我还以为，四伯还没成为家里的顶梁柱。后来才明白，柱子是拴不住女人的，钱才能。

当时我念的中学离四伯家很近，走路只需几分钟。初三那个夏天，我妈嫌我回家远，给了四伯一笔钱，管我午饭外加去他家午睡，我得以窥视一对年轻夫妇的日常生活。

四伯母是中国移动营业厅的业务员，平时总是一副匆忙的样子，只在吃饭的时候出现。四伯成了家庭煮夫，中午做炒土豆丝和番茄炒蛋给我吃，每天如此。我馋肉，四伯就从冰箱里捞两根香肠来煮，桌上就能多出一盘肉。我还是嫌烦，向四伯抱怨菜太单一了。四伯不屑，说你懂什么？单一才能专一。给我点儿时间，我保证下次让你吃炒土豆丝时能吃出薯片的味道，吃番茄炒蛋时能吃出鸡肉的味道。我“切”了一声，抬头看到饭桌边四伯母的脸，发现她的妆化得更美，脸也越来越好看了。

某天我忘带放在四伯家的练习册，折回去取的时候，意外地发现四伯在家。他躺在沙发上，抽着烟，看着一本泛黄的书。

“四伯，你不上班的吗？”我踢了踢他悬在沙发外面的鞋底。

“你回来干吗？”

“拿作业本。你呢？”

“拿包。”四伯坐起来，目光黯淡，像瓦数不够的灯泡。

“呸！”他说这话倒是提醒了我，我从未在四伯家里发现任何男士包。我起了疑心，凑近他问，“四伯，难道你没上班？”

“耘子，我只是在家里上班，自然有人把钱打我账户上。”

“你是鸭子？”

“这倒是个赚钱的好办法。”四伯站起来，伸了个懒腰，把书搁在茶几上，转身进了厨房。我拿起那本书看了一眼，是一本《乐府雅词》，我翻了会儿，觉得无聊，很快就放下了。

离中考还有一个月的时候，我妈索性让我搬进四伯家里筹备中考。四伯一室一厅的家太小，只好把卧室里的梳妆台和衣柜搬进客厅，转而填进一张单人床。四伯、四伯母的双人床和我的单人床中间拉了一根绳子，上面挂着一片薄薄的白底红花的帘子。

很快，我在属于我的帘子那一面拿别针别了一张世界地图。每晚睡觉前，我会看着地图默记一遍世界各大寒流暖流，并在脑子里分类全球 11 种气候类型。

刚开始，我一度认为帘子的另一侧是一丛原始热带雨林，四伯精力充沛、野蛮播种，没多久就会和四伯母生出一打品种丰富的小孩儿。随着时间的推移，我入睡时间的推迟，帘子那边却总是落下一片寂静和沉默。我失望至极，觉得连同他们的床单和被子也成了性冷淡。隔壁幻化作干旱的热带沙漠，四伯就是沙漠里那匹可怜的单峰骆驼。

那时我正喜欢着班里的一个男生，我常常看着世界地图想，如果我和他也像四伯和四伯母一样躺在床上，一张床就是整个世界吧；我和他眼神交汇、肉体相触的那一刻，世界上的所有暖流都会浇遍我的全身吧。四伯和四伯母什么也不做，足见有多么照顾我的想象力。

有天我被一泡尿憋醒，提前一个小时醒来，起床时听到一阵窸窸窣窣的响声。声音微弱小心，犹如警惕的兔子穿行草丛时带过的细微摩擦。隔会儿，有人深吸了一口气，床垫震颤了一下，接着便再无动静。

我直觉帘子那边的四伯察觉到了什么，好似猎物微妙地捕捉到了猎人的枪口。那时我正准备将脚伸进拖鞋里，因此保持着双脚悬在空中，距离鞋面约 5 厘米的暂停状态。我有一种感觉，就是一旦我的双脚落地，隔壁的画面就播放不了，所以我就让脚那么悬着，安静地等着，直到双脚发麻。

很久以后，帘子那边才传来了四伯、四伯母如胶似漆的叫喊声，我呼出一口长长的气，深感听一场现场直播的不易，并得出一个猜想后的结论：原来四伯和四伯母在清晨做爱。

当天我回到家，吃过晚饭后在客厅里复习课标要求的几首《古诗十九首》，四伯则不知从哪儿搬来了几盆月季、牡丹、山茶和仙人指，拿着小铲子在阳台上忙碌着。

墙上的时针跨出一大步，天空将黑夜推出舞台时，我才忽然意识到四伯母不在家。我从书里抬起头，朝着仍旧在阳台上料理花花草草的四伯喊道："四伯，你媳妇呢？"四伯不应，我又对着他的后背喊了几声，他还是没吭声。

我起身走到四伯面前，看见他低着头，两手按在一盆月季的盆边上，好像在嗅那朵红艳艳的花儿。月季的花瓣上沾满了露珠，显得娇艳迷人。

"四伯，花比你媳妇还好看？四伯母呢？"我拉了拉他的胳膊，头顶的灯光正好落在了他的脸上。

我这才发现，月季上沾满的不是露珠，而是四伯的眼泪。

想起四伯母最近总是打扮得过分光鲜漂亮，我猜她准是和其他男人跑了。可清晨还如胶似漆做爱的两块肉体，怎么到了晚上就分开了呢？我呆呆地凝望着一言不发的四伯，不知道该怎样安慰这个男人，我记起一个小时前背诵的"以胶投漆中，谁能别离此"，不知道该怎样理解这句话。

离中考还有一周的时候，四伯从家里失踪了。大半年时间里，家里人谁也没联系上他。

有次我妈在饭桌上提起，说四伯脑子进水，房子的产权写的是刘雅素的名字，四伯的所有衣服和书被她扔出了门外，还是我爸替他打包带回家的。没过多久，刘雅素再婚，生了一个女儿，至于四伯，不知道飘到什么鬼地方去了。

“也不怪人家刘雅素，你四伯不出去工作，靠老婆养着，一天到晚就写什么破诗。哪个家庭能这样坐吃山空呀。”我妈说着，夹了一筷子炒土豆丝给我。

“唉，”我叹了一口气，“我还记着四伯做给我的薯片味的炒土豆丝呢。”

“得得得，我炒的土豆丝不好吃吗？你四伯就是这样，不吃正常的菜，不过正常的生活。”我妈有些愤懑，“他那样的 Loser，不值得记住。”

我吃了一口土豆丝，还是想念四伯。

我妈忽然又说，还是记住四伯好点儿，以此为戒，不走同一条错路。

5

像我的初潮和胸部发育一样，我的青春叛逆期同样患有拖延症。高二那年，我迎来了不尴不尬的反叛期。我开始翘课、喝酒、和老师作对、同男生鬼混。我表面上装得满不在乎，自以为特立独行，实际上只有我自己清楚，我是承受不了尖子班的压力，应付不了习题和试卷的折磨。

那段时间，我最爱去的地方是离学校仅两站地的一家电玩城。闪烁刺激的动漫画面和喧闹酷炫的游戏音效让我着迷，对于一个想逃离现实的人来说，不现实的东西是最美好的幻象。

在所有的电玩游戏里，我最喜欢玩格斗类的拳皇。在 KO 掉对手，看着对方倒下的那一刻，小小的虚荣心和认同感在我心里炸出了一朵蘑菇云，我能看见云里探出无数只举着大拇指的手，对我点了比 32 个还多的赞。

某次经过游戏厅靠墙放的一排老虎机前时，我惊讶地发现了一个卷发、招风耳、背微驼，穿着一件屎黄色夹克的中年男人。他叼着一支烟，专注地盯着屏幕，不停地往投币口塞游戏币。

“四伯。”我拍了一下他的肩膀。

四伯转过脸来。我觉得他一点儿也没变老。

“你还喜欢玩这个？”我拉着四伯穿过人群，来到一台格斗游戏机前。中途四伯走得很慢，像在思考什么。

“对啊，刺激。”我在椅子上坐下，拖过旁边的一把椅子，“玩一局？”

“好。”四伯坐下来，低下头拍了拍牛仔裤的裤腿，有些心不在焉。

“投币啊。”我催促。

“你替我投。”四伯还在拍他并不脏的裤腿。

我顿时明白了什么。在我弯下身子投币的瞬间，我忽然想起四伯大半辈子都没拒绝过什么，他只是接受，接受漂流的生活，接受失败的爱情，甚至接受玩游戏都得让侄女埋单的事实。

我被四伯接连 KO 五次，怒不可遏。

“你就不能让着我点儿？我是个小孩子的时候，你就没让过我。”我耍起脾气来，又想起小时候四伯带我炸金花，赢光了我所有零用钱的事。

“让着你？那还有什么好玩儿的？”四伯掏出烟盒，“被 KO 掉的时候，应该站起来，拍拍屁股，说一声‘I’m OK’。”

我瞪着他。

四伯却笑了：“不然这些年，我是怎么走过来的？”

我忽然失去了发怒的资格。这几年，四伯到底经历了什么？

“耘子，放学后我来接你。你还在上学吧？”四伯的表情不怀好意。

“你要干吗？”

“去你家。”

我知道四伯又没钱了。

6

后来的事实证明，我把四伯请进家，就是请进了一个巨大的麻烦。四伯在我家一住就是大半年，活生生成了一个混球和无赖。

四伯在我家走出走进，不找工作，无所事事，每天只是吃吃喝喝，有了钱就去楼下的茶馆搓麻将，输光了回到家，又抱着我爸的笔记本在网上打牌。

我妈气得不行，在厨房故意把萝卜切得“当当当”老响，还配上了四伯的名字。不远处，坐在沙发上看《快乐大本营》的四伯佯装不知，仰着脖子放肆地笑，笑声一浪接一浪。

几个月后，昔日的四伯母来到我家，进门就冲进厨房找菜刀，扬言要剁了四伯。我妈及时拦腰抱住她，不停地宽慰道：“我也早想剁了他，不过现在不是时候，他出门打麻将了。”

四伯母丢下菜刀，靠在我妈身上大哭一场，哭过后，才断断续续告诉了我们事情的原委。

就在几个小时前，四伯去了四伯母居住的小区。他了解四伯母的生活习惯，熟悉曾经的居住环境，因此躲进了家门口转角的安全通道里。趁着四伯母出门扔垃圾的档儿，四伯冲进家里，砸烂了电视机，踢翻了冰箱，还把碗碟和盘子摔了个稀巴烂。正当四伯跨到沙发上，一边跳着狂笑一边泄愤地大叫时，一团粉红色的东西弹了起来。四伯惊得脚一歪，整个人当场滚下了沙发，左脚也肿出荷包蛋大的一块。

穿着粉红色外套、留着娃娃头的小女孩既不害怕，也不哭闹，只是眼睛长了脚，四伯一瘸一拐地走哪儿，她的眼睛就跟哪儿。

那单眼皮，那小眼睛，那招风耳。四伯用眼睛一扫，基因二维码就显示出这是他的女儿。

四伯想也没想，上前一步，抱起女儿就走，正好在门口撞上了四伯母。四伯母还没反应过来，四伯就沿安全通道跑没影儿了。他明明崴了脚，却还能跑那么快。

“那房子本来就是他的，他当初主动给了我，后悔可以，拿回去好了，但他不能抱走妞妞。”四伯母的眼泪又快落下来。

我和我妈这才知道，四伯还有一个女儿。

“你们以为我不爱他？但爱情喂得饱生活吗？有了妞妞以后，和他更没法过。”四伯母擦了擦眼角，离开前说了一句，“如果他还回来，告诉他，妞妞喜欢念儿歌。”

7

四伯抢走妞妞后，带她去了乡下的爷爷奶奶家。

蓝天白云，青山绿水，河流船只，爷爷的旧烟斗和老花镜，奶奶的炸酥肉和大汤圆，这一切都刷新着妞妞的眼球。小丫头兴奋起来就背着双手，站在大家面前背儿歌："小竹排，顺水流，鸟儿唱，鱼儿游。两岸树木密，河流绿油油。江南鱼米乡，小小竹排画中游。"

四伯拍一下大腿，大喊："妞妞，以后爸爸改行写儿童诗歌！"如果我妈在场，一定要呵呵，你什么时候有行过？

爷爷奶奶开心地笑，眼睛都快淹没在满脸的皱纹里。爷爷抓过四伯的手说："有个孩子放你心口，心就不会乱了。"

一周后，四伯带着妞妞回到我们家，还给了我妈一大袋炸酥肉。爷爷奶奶给了四伯一笔钱，他准备从我们家搬出去，在菜市场摆个摊子卖卤肉。我隐约觉得四伯的生活开始了，真正的生活。

"妞妞呢？"我妈问。

"孩子还住雅素那儿，我已经和她商量好，想孩子了，可以随时去看。"

我妈点点头，像所有第一次向孩子提老套问题的大人一样，问妞妞，喜欢爸爸多一点儿，还是喜欢妈妈多一点儿。

刚满三岁的妞妞转着肉丸子般圆溜溜的眼珠说："喜欢爸爸多一点儿，喜欢妈妈也不少。"

众人大乐。

我妈走后，四伯悄悄告诉我说，以前他每次做爱都戴套的，只是四伯母离开他的那天早晨，他作弊了，例外的没戴。那时他和四伯母已经说定，做完这次爱，咱俩就 say goodbye。妞妞的出生，是他作弊后的意外。

初三夏日的某天，我屏息凝气地坐在四伯家卧室布帘的另一边，双脚辛苦地悬在空中，生怕惊扰了隔壁如胶似漆的两具肉体，我以为我听到的是爱情，哪知却是爱情的结晶。

我忍不住拉起妞妞的手说："你的诞生，姐姐也助有一臂之力。"虽然我知道，她根本听不懂。

四伯走过来，把妞妞举起架在脖子上，在客厅里转了好几圈，开心地放声道："小宝贝，我输掉了生活中所有的筹码，但我赢得了生命中的你呀。"

我忽然想起初中时候背的那句诗。以胶投漆中，谁能别离此。或许，它说的不是爱情，是血脉。

雨女

1

每次遇见她的时候，都是在下雨天。

这次，她撑着一把点缀着浅黄色圆点的橙红色雨伞，上身穿一件白色的针织衫，站在绿猫铁皮咖啡屋门口不远处。

喜豁慢慢走近女孩，心情清逸得如同踮起脚尖去接近一只猫。

女孩正观看着远处的风景，也或者仅仅是在看雨。察觉到有人走近，便稍稍侧身，举起伞，目光正对着喜豁。

那是一张秀气的脸，算不上漂亮，五官排列也并无特别出彩之处，但给人一种奇特的感觉。怎么个奇特法呢？这么说吧，那张脸仿佛能让周围的事物在一瞬间变得清晰、明朗、透彻起来。女孩儿和周围的自然环境仿佛有种与生俱来的对应能力：春日百花争艳，夏日蝉鸣齐放，秋日树叶落尽，冬日白雪皑皑。一种季节对应一种景致，自然、贴切、无懈可击地对应着。如同这样一般。

“哈喽。”她打招呼道，大方而友好地冲喜嚭一笑。

“你好。”喜嚭也笑着回应她。

客套话就此落幕。女孩没再说话，而是将伞压低，开始哼唱起一首节奏欢快的歌来：“Now that it’s raining more than ever, Know that we still have each other, You can stand under my umbrella, you can stand under my umbrella, Ella, ella, eh, eh, eh, under my umbrella, ella……”

喜嚭下意识地在脑袋里搜索这首歌的来源，记忆在脑内的操场足足跑了一圈后才想起歌名。原来是蕾哈娜的 *umbrella*，几年前流行的歌曲了。

“你喜欢雨吗？” 喜嚭的头顶上忽然多了一片橙红色。

“还行。”喜嚭答。

“我嘛，”她用空着的右手拢了拢短发，“打心眼儿里喜欢雨，又打屁眼儿里讨厌雨。”

喜嚭笑了出来，惊讶的表情全写在了脸上。

“胡桃夹子士兵。”女孩道，“每次看见人们掉下巴的表情，我就自然地想到胡桃夹子士兵。”她将伞柄靠在肩上，眼睛专注地盯着上空，仿佛在追踪和寻找更高处的雨。

“雨这种东西，看着的确让人欣喜，能安抚人的情绪，使人心平气和。但下雨前和下雨后的情景，我却怎么也喜欢不起来。”女孩收回视线，看着喜嚭，“雨前故弄玄虚地制造一种态势，‘山雨欲来风满楼’‘燕子低飞’‘鱼跃水面’‘蚯蚓出洞’什么的，简直是装腔作势嘛。雨后也糟糕，地上的纸屑果皮被淋得稀巴烂，污水横流；树木倒是好点儿，可地上的情景看得让人厌恶，和孙悟空大闹天宫后的场面一个德行。”女孩的语速非常快，思维也异常活跃。

“喜欢雨只是喜欢下雨时候的雨吧。”喜嚭说。

“那太片面。”女孩抿着嘴唇，摇了摇头，“雨不是一个点，是一条线，不是某个场景制造的瞬间，是一个连续的过程。雨前雨后的情景都是由雨本身造就的，如果仅仅因为下雨的过程而喜欢雨，那也太幼稚了。所以我才对雨既爱又恨呢。”

“我觉得……”

喜嚭的话被打断了。女孩忽然将伞柄塞进喜嚭手里，几步走出伞外。

“这伞你拿着，估计雨得一直下。我先走了。”女孩说。

她的白色针织衫、白色牛仔裤、白色网球鞋和她的黑发相得益彰，在雨的包裹下给人一种遗世独立之感。

“伞怎么还你？”喜嚭冲她喊道，可她已经迈开细长的双腿疾步走开，很快消失在雨幕中。

喜嚭看着她的背影，犹如透过一块湿润的厚玻璃，看一个模糊不清的立体剪影。

——雨女。喜嚭决定这样称呼她。

2

第一次遇见雨女，是喜嚭在去往绿猫铁皮咖啡屋的路上，沿途路过的一个公用电话亭旁。

同样的，那天下着雨，雨水将曾经破旧的电话亭冲刷得清晰发亮，一小块黄色键盘挖出了一块色彩明亮的空间。空间内，有人正握着电话听筒，一边说着什么，一边用鞋尖踢着电话亭的支柱。

喜嚭经过电话亭旁时，雨女刚挂上听筒，背对她，用手抹着眼泪。

喜嚭停下来看向她，谁知雨女竟不经意地转过头，两个女孩四目相对。喜嚭看见对方眼里的泪珠犹如乘着滑梯般淌了下来。

雨女愣了几秒，匆匆从喜嚭身边走开。

喜嚭有些好奇，她走进电话亭，只看了一眼，便对这个无人问津的电话亭皱起眉头来：电话上的显示屏已经彻底报废，青灰色的脸可怜兮兮地露在外面；电话下的搁物架不知什么原因倒向一边，一副垂头丧气的模样；圆形按钮大部分已经锈掉，让人想到霉斑和皮癣一类的东西。不管怎么看，这里完全成了现代公用电话亭的遗址。

当喜嚭看向锈迹斑斑的卡槽时，心里猛然一惊——卡槽里并无电话卡。喜嚭再次回想，重新确认了一遍，女孩的确至始至终都没有取出卡片的动作。那么，雨女是在和谁通电话呢？还是，仅仅是自言自语？

几天后，谜底揭开了。

照样是在那个破败的电话亭里，天下着蒙蒙细雨，雨女手握听筒讲着电话。仿佛只要具备雨天和电话亭两个因素，雨女就会自发地出现在那儿，构成打电话的情景。

卡槽里的确没有电话卡。喜嚭的眼神飞快地瞟向电话，箭射中靶心似的下着结论。

这次，喜嚭假装走过电话亭，接着又退回几步，躲在了电话亭的另一侧，透过雨声，屏息凝气地听雨女说话。

“半歃，你肯定又要说我傻得透顶了。一到雨天，就在这个被淋得如同落汤鸡的电话亭里给你说这些，我也真是傻得可以。知道我现在的感觉吗？我感觉是站在一堆废墟上同你说话来着。”雨女略微沉吟，接着开口道，“不过也只有在这里，你才不会打断我，不会大手一挥让我待一边去。那时候你的神情真可恶啊，简直像在打发一个小孩子。你以为你是大人了吗？当大人有什么好的。”

雨女的语气中有几分埋怨，但她很快就转换成一副轻快的语调：“我啊，我觉得我们应该原谅青春的那些承诺、那些傻气。它们就是晶莹剔透的泡泡，能发出五彩斑斓的光。你说是不是？我们站在里面，手扶气泡壁，乘着它飘向各地；我们要畅想、畅游一番。我们可以满口粗话，可以不负责任地向全世界开玩笑。我还要向你撒娇，让你倾听我所有不切实际的幻想。”

喜嚭仿佛是在聆听由竖琴撩拨出的抒情曲，四周白砂糖般的雨点画龙点睛般渲染了此情此景。

“大不了，当现实召唤我们回去时，我们着陆就是。在这之前，请你别嘲笑我的想象，别戳破这个气泡好吗？”语调陡然转低，音调好似在铺满鹅卵石的道路上颤抖。

“我知道你又要笑了，笑吧笑吧。讨厌鬼！”说完这句话，雨女明显抽抽搭搭地哭了起来。

一听见听筒挂回电话键盘上的声音，喜懿赶紧退出电话亭的另一侧，掉头往前走。想必雨女也已经走出电话亭，直直地盯视自己的背影。喜懿捕捉到了身后微妙的感觉，但雨女并未追上来。

3

这是第三次遇到她。喜懿撑着雨女塞给自己的雨伞，一面回忆着，一面走向绿猫铁皮咖啡屋。

绿猫铁皮咖啡屋内充斥着一股潮气。地板纤尘不染、清凉透亮；悬挂在屋顶中央的绿壳时钟指向3点40分；钟摆摇来晃去，零敲碎打地将时间打散在空气中，让人一时有些恍恍惚惚。

喜懿环顾咖啡屋，看见在吧台整理杯碟的半欹。他背对着喜懿，正将雪白的咖啡杯一个一个地摆到架子上。

“下午好，欹老板。”喜懿向半欹打招呼。

半欹将视线投向这边，隔着空气对喜懿抛出一个笑容。随后，像想起什么似的，他蹲下身，从一个纸箱里翻找出一张黑胶唱片，然后将它小心翼翼地放到唱机上，抬起唱针。约翰·列侬的*Isolation*瞬间响起。

喜懿和半欹在一张紧靠墨绿色墙纸的小圆桌边坐了下来。桌上铺了一张吸水的棕红色麻质桌布，桌尾搁着一盏蘑菇灯罩的浅黄色台灯；灯亮着，一条泛着铜色光芒的细小链条垂然其间，仿若麻花辫垂于胸前的羞赧少女。灯旁有一个猫脸形状的烟灰缸。

“有人请你喝咖啡。”半敧开门见山地说。

喜嚭点点头，轻微叹了口气。

“请稍等。”半敧很快起身离开。吧台那边传来电动咖啡机煮咖啡的声响，不多一会儿，咖啡的浓郁香气便充斥了整个屋子。喜嚭一边嗅着咖啡香，一边打量着永远看不厌的室内设计，简直如同拿眼睛给房间整个儿地刷了一遍油漆。

“约翰·列侬的*Isolation*，剩凡特意为你选的。喜欢约翰·列侬？”半敧不知什么时候已经坐到喜嚭对面，将一杯咖啡推到了她面前。

“喜欢倒是喜欢，只是剩凡他……”喜嚭不知道该如何表达，好像此时所有的词语都和她玩起了捉迷藏。

“如果你喜欢这种既调皮又鬼怪的大男孩儿，” 半敧拿手掌摩挲了几下又粗又硬的短发，“建议听听披头士的*I am the Walrus*，有史以来最古灵精怪的一首歌。”

喜嚭抿了一小口拿铁，点点头，问半敧是否认识雨女。

“雨女？”半敧问，两条又黑又粗的眉毛挤皱在一起。

“就是站在咖啡屋门前不远处，穿着白色针织衫、白色牛仔裤和白色网球鞋的女孩，一头漂亮的黑发，举着一把橙红色雨伞，就在刚才我还看见了她。”喜嚭说。

“她叫又雨，”半敬的眉毛渐渐舒展，复归原位，“还真带一个‘雨’字，可为什么要叫她‘雨女’呢？”

“因为我每次都在下雨天见到她，又不知道她的名字，索性就这么叫了。”

“那孩子是很喜欢雨，”半敬挂上一副笑脸，“而且任性又古怪，只在雨天来咖啡屋帮忙。”

“帮忙？”喜嚭有些好奇。

“就是做服务员，接待客人，洗洗咖啡杯，打扫卫生什么的。说是帮忙，其实也没多大忙要帮。你也知道，咖啡屋就和需要救济的教堂差不多。靠着我的一些其他外快，好歹撑下来了。”半敬拿手抓了抓头发，发出声响。

“也就是说，不管怎样，雨女都会再次出现在这里了？”喜嚭问。

“如果她还想看见我这张臭脸，还能忍受我的臭脾气的话。”半敬说着，自顾自地大笑起来。

“无论如何，帮忙将这把伞转交给她好吗？这是她刚刚借给我的。”喜嚭将雨伞递给半敬。

半歃用不明所以的眼神看着喜嚭，准是质疑雨女的伞怎么跑到她手里来的。不管怎样，他收下了伞。

4

喜嚭从邮箱里取出钥匙的时候，发现邮箱上最后一块绿漆也剥落了。就这样，整个邮箱完全被扒了皮，由原来的墨绿色变成了一个沾满铜锈的铁盒子。

一年前，剩凡动手装上了这个鞋盒大小的铁皮邮箱，替它做了凹槽，刷上绿油漆，装上了扣锁。不到一周，剩凡就先后发现锁孔里塞进了火柴棍、口香糖、笔芯、钉子等乱七八糟的东西。

当时，他冲着邮箱说：“你快点儿锈掉就没人折磨你啦。”

“剩凡的脑袋也锈掉啦！给我一把开邮箱的钥匙，然后从里面拿出开你家门的钥匙。”喜嚭戏谑他道。

直到发现邮箱里除了钥匙外，还时不时躺着几封给自己的信，喜嚭才知道剩凡给自己邮箱钥匙的原因。只是，每封信均来自剩凡。两人每天基本上都能见面，何必写什么信给自己呢？到现在，喜嚭也不明白剩凡这样做的意义。

和剩凡交往的两年间，喜嚭渐渐发现，自己对他的耐心和喜欢正在一点点削减，就像邮箱上一块块剥落的铁皮屑一般。剩凡固然温柔体贴，对自己疼爱有加，但随着见面的频繁和了解的加深，喜嚭看见了关于他的性格和习惯。不管是在个人爱好还是为人处世上，都凸显出无法扭转和抹煞不掉的脾气和陋习。并不是他本人知错不改，而是那种性格远比她想象的顽劣得多，根深蒂固得多。说到底，那是成长环境和家庭教育长时间共同作用的结果。仅凭喜嚭一人力量是难以拔出固定住他所有人格和行为的钉子的。或许是上面的钉子太多，也或许是她累了，总之，最近喜嚭有点儿腻烦和厌倦，纵使他特意为自己点了咖啡和约翰·列侬的*Isolation*，疲乏之感也远远大于感动之情。

打开门，剩凡的屋子一如既往的凌乱不堪——这也是喜嚭讨厌的习惯之一。只见各种杂志或扣或立地躺着，俨然横七竖八的尸体；桌上的咖啡杯和咖啡碟伫立两侧，像两位指挥官一般遥遥相望。卧室里，CD 封套和歌词本四处散落，书桌上的灰尘铺了薄薄一层，墙壁上好几处都有篮球印。

喜嚭一边摇头叹气，一边挽起袖子，准备着手清理现场。

5

一个雨天，喜嚭来到绿猫铁皮咖啡屋喝咖啡，进屋便看见系着绿色围裙、手执托盘和菜单的雨女。她正站在吧台前，笑脸盈盈地和一对年轻情侣说着话。

喜嚭捡了一个位置坐下来，静静翻看着菜单。

几分钟后，雨女走过来，拍了拍喜嚭的肩膀。

“嘿，我们见过面。”她说，语调欢快。

“见你可不容易，得专挑下雨天。”喜嚭对雨女有一种近乎直觉的亲近感。

“这么说，你果真是这里的店员了？”喜嚭问。

“嗯，一名小小的 waitress。”雨女笑了笑。

“不像。”喜嚭脱口而出。

“怎样才像呢？身材臃肿，头发油腻？系着头巾，口吐黏痰？”雨女笑着反问。

“对，那才合格嘛。”喜嚭开玩笑道。

两个女孩的距离一下子拉近了。

“哎，我可不是自夸，要不是有我这样既可爱又负责的员工，半欹的店早就经营不善啦。自己经营的店铺，老板却十天半个月也不登门一步，就算底下员工没异议，客人也会忍不住不满。”

喜嚭报以礼貌性的一笑，没有应答。半欹虽是剩凡的好朋友，但自己对他了解得并不多。喜嚭只知道半欹毕业后，靠经营这家小小的绿猫铁皮咖啡屋谋生。由于他大学主修室内设计，因此咖啡屋被设计得天马行空、特立独行。另外，咖啡煮得也够味儿，尤其是浓稠得如同黑夜一般的黑咖啡。

“待会儿你有空吗？要是方便的话，想请你帮个忙。”雨女问。

喜嚭说有空，乐意效劳。

6

几个小时后，咖啡屋的客人悉数走光，天色越来越暗。喜嚭帮着雨女将咖啡屋里的沙发、书架、圆桌之类的家具一一搬到了户外。瞬间，雨点捕捉猎物似的将家具团团围拢，齐刷刷地砸在上面，在它们的四周形成了一股薄薄的水汽。

喜嚭对雨女的行为迷惑不已。

“你知道‘擦拭男朋友’的故事吗？”雨女撑着上次那把橙红色的雨伞，和喜嚭并肩站在雨中，注视着眼前的家具。

“擦拭男朋友？”喜嚭又掉下巴了，估摸自己又成了雨女所说的胡桃夹子士兵。

雨女点点头，讲起了这个故事：“说是一对情侣分手后，男生偶然在一次车祸中遇难了。尽管两人已经分手，听闻此消息后，女生的心里仍像被剜去了一块肉，无休无止的悲痛席卷而来。女生为纪念男友，便为他做了一尊铜像，每天定时端来一盆水，一遍又一遍地擦拭男朋友。说也奇怪，每擦拭一次铜像，女生就回忆起男朋友为自己做的一件事来。后来，女生找来一个笔记本，将那些事情清单一样地罗列出来。一天下来，直到盆里的水变干，罗列的事件也绰绰有余。擦拭男朋友的过程中，女生在惊讶和忏悔之余，终于悟出，男朋友那些看上去不值一提的小安慰和小帮助，他们一起度过的许许多多的单一平淡的小日子，其实是构成她和他生活和感情的坚硬地板。”

“构成她和他生活和感情的坚硬地板？”喜嚭插话，问了一句。

“对，让感情如一块块地板砖般严丝合缝，平常、朴素，不张扬、不泄气，是最牢靠最持久的感情。”雨女将绿围裙的一侧褶皱用手抹平，看着喜嚭的眼睛说。

“说实话，我不太明白，找不到这和你把家具搬出户外淋雨有什么联系。”喜嚭略微摇了摇头。

“只有在雨中，我才能把他的缺点看个清清楚楚。”雨女冲喜嚭一笑，“‘他’指半敧。”那是掺杂着幸福的羞赧一笑。

“或许是我脑袋不开窍，我想我仍不明白。”喜嚭承认道。

雨女这次没再说话，而是走出伞下，来到那个她们刚才搬出的黑色书架旁，指着它说：“这个五层书架上总是放满了书。半敧喜欢看书，喜欢得近乎贪婪。他总能随口引经据典，或是讲无数个黑色幽默故事给我听。”雨女稍作停顿，花了几秒钟调整情绪，“但我也知道，他也会将书里的内容和精华排序、组合、删减，概括和杜撰出女孩们喜欢的情书和甜言蜜语。”

雨女将手搭在书架第三层的木板上，轻拍着一处说：“事实上，就在这个位置，一本叫《安眠者之梦》的书里，夹着他写给一位女孩的一封情书。”像是自我辩解似的，雨女又加上一句，“我无意间发现的。”

喜嚭沉默不语，等着雨女继续说下去。

“店里的圆桌、沙发和矮凳之类的物品，是半歙的一个女性朋友送的。说是女性朋友，不如说是追求者更合适。对方知道半歙无力承担开咖啡屋的更多费用，周到体贴地为他添置了这些必要设备，声称是出于朋友间的情谊。这情谊恐怕谁都知晓，半歙当然也看在眼里。但他一概熟视无睹，或者说是故意屏蔽掉对方的好感，权当一无所知，这样就不用做出回应。”雨女绕着桌凳走了一圈。雨下得更大了，她的黑发很快润湿，沾在脑门和脸颊上。

没有比破坏自己心中完美的爱恋对象最残忍的事了。那简直像是一点点吞噬对方自画像的美丽线条和完美色彩。喜嚭心想。

但显然雨女并不这样认为。

“我把这些家具搬出来淋雨的同时，也是清洗自己狭隘片面的思想。我觉得，我对半歙的爱恋中，肯定也充斥着不通情达理的自私之处。在向他表白前，我想先了解他的缺点，看清这些钉子的位置和发力点，然后尽可能全面理解这些钉子。”

“全面理解这些钉子？”雨女的每一句话都让喜嚭惊诧不已。

“对。”雨女说，“不是常说碰钉子吗？在恋爱中也一样，之所以会碰钉子，我想前提是没能很好地理解这些钉子。”

喜豁想起了固定住剩凡人格和行为的钉子，心里被撩拨了一下。

就在这时，两人几乎是同一时刻看见向咖啡屋走来的半歆。两个女孩默契般地紧闭嘴唇，谈话就此中断。

7

喜豁回到家时，剩凡正盘腿坐在沙发上，低着头，认真拨弄着吉他。

喜豁忽然想起，自己第一次认识剩凡的情景，也和“雨”有关。不过，那是在一次雨女所说的“孙悟空大闹天宫”般糟糕的雨后。

在校园足球场旁，喜豁被一只飞来的足球撞到了后背。

喜豁转过身，正要发怒，哪知迎面跑来的剩凡举起右手指了指天空，抢先开口道：“看样子还要下雨，老天这孩子还没哭个痛快，脸上挂着泪痕正在酝酿情绪。”

喜豁的注意力被转移到了天空。远处，校园的尖顶教学楼上果真低垂着几朵鼓胀的白云。它们像喝醉酒似的，晕晕乎乎地围绕着那幢建筑物，迟迟不肯离开。

剩凡走到喜豁面前的一小摊水池前，惊叹一声说：“哎，你瞧，连水潭里都倒映着天上的云彩。”喜豁的视线移向那摊水池，又回到剩凡脸上。

“知道怎么将脚印印在天上？”剩凡忽然问。

喜嚭一头雾水，摇摇头。

剩凡抬起一只脚，在空中横向越过水潭，仿佛在进行一次丈量。随后，他毫不犹豫地将那只脚放了进去，接着另一只脚也并了上来。

“瞧，天空上也印上了我的脚印。”剩凡孩子气地说。

喜嚭禁不住笑了。

“你有酒窝，”喜嚭弯腰捡起喜嚭身边的足球，抱在胸前，“和雨后漂亮的小水潭一样。”

那是喜嚭第一次听到心脏跳动频率加快的声音。那种声响喜嚭记忆犹新，哪怕是两年后，自己站在这个房间，看着正在客厅沙发上拨弄吉他的剩凡，她还能真切地感觉到。

“剩凡，你为什么要给我写那些信呢？”喜嚭趁剩凡弹琴休息的间隙，问了一句。

剩凡抬起头，表情有些吃惊。他放下吉他，看着喜嚭的眼睛，反问道：“你认为呢？”

“如果有一天我们分手了，那会成为我们爱情的纪念品。”喜嚭下意识地说出了这些话。

剩凡摇头的样子，仿佛是在清扫自己的思绪。而后，他走过来，将双手搭在喜嚭的肩上，严肃正经的样子像是在举行一场宣誓仪式：“给你写信并不是考虑未来，更不是为了纪念过去。‘Save up for the rainy days’，那种事我干不出来。写信只是让你知道，在两人世界风平浪静的晴天，我也一样对你用心。”

喜嚭耷拉着肩，垂着脑袋，像个做错事的孩子。许久，她抬起头，笑着说：“擦拭男朋友。”

“什么？”剩凡一脸茫然。

“没什么。”喜嚭说，“我想，是时候为邮箱重新刷一遍油漆了。”

8

喜嚭从剩凡那儿要来了绿猫铁皮咖啡屋的电话号码。此时，她望着窗外白茫茫的雨雾，拨通了咖啡屋的电话。

“你好，请让又雨接听电话。”

“我就是。”那边的女声清脆响亮。

“去给半敬告白吧。”喜嚭说。

“什么？”雨女显然没把握到这句话的质地和触感。

“雨女，去给半敬告白吧。躲进电话亭锻炼勇气的方法也该告一段落了。”

喜駋顿了顿，“抱歉，我无心偷听。”

对方沉默着，喜駋屏住呼吸，又长长地吐出一口气，接着说下去。

“我很认同你在雨天擦亮眼睛，看清半欹缺点并加以理解的行为，但我想，那无疑要花很多时间；况且，关于他雨前、雨后的优点，你又了解多少呢？一旦深入了解，又得额外耗费很多精力和时间。与其这样，何不鼓起勇气，全盘接受，向他真诚说明自己的心意和想法。我想，理解那些钉子并不需要提前准备。感情的路，都是边走边修缮的。如果要等到那条路完美建成，才迈步行走，那也太幼稚了。”

喜駋一口气说完。沉默之墙忽然竖立在两人之间。

“十分钟后，我再打给你好吗？”雨女终于说。

“嗯。”喜駋挂了电话。

十分钟后，电话准时打来。

“喜駋，我恋爱了。”雨女说。

喜駋闭上眼睛，脑子里传来“咔嚓”一声，是钥匙开锁的清脆声响，一个花园在她面前展开，一簇簇含苞待放的玫瑰花争先恐后地绽放开来。

“喜駋，”雨女在电话那头问，“那么，你呢？”

喜駋脑海中浮现出构成她和剩凡生活和感情的坚硬地板。她平静答道：“我的恋爱，才刚刚开始呢。”

外表分数

因为父母工作的原因，高二时我转学到了一所省重点中学。

我刚转来不久，地皮还没踩热前，便用外表的纯洁和礼貌将内心的骚动和叛逆打成一个个结，蝴蝶结。接下来，我静等结的解开，蝴蝶的解放。

三个月以后，我已经和班里的很多同学打得火热，解放后的躁动和反叛每天负荷量过大，时常跳闸，加上我成绩不错，嚣张气焰险些烧掉头发。

我做出的第一个举动，就是在课堂上明目张胆地打瞌睡。久而久之，我练就了双手不沾桌子边、两脚九十度贴地面、挺直腰杆也能睡、任何吵闹不睁眼的本领。

数学老师兼班主任的王老师四十多岁就秃了顶，但让人过目不忘的是他的身高。王老师出奇的矮小，目测只有一米五几，同学们私底下给他取了个外号，叫作根号二。

讲台上的王老师总是在我打瞌睡的时候将粉笔掰成几小截，一次一次地砸向我。多次下来，见我屡砸不改，便把我请进了办公室。

“你真有那么困？说吧，真正的原因是什么。”王老师问我，口气友好得仿佛要和我交朋友。

“是真困。”我绝不轻易上当。

“得了吧。”王老师干笑几声，摸了一把自己的脑袋瓜，“我在讲台上一览众山小。每次你挨粉笔的时候，我都能看见你的眼角偷偷地往右上方瞟，每次都呈四十五度角，对象坐标第三排第七列。”

我瞠目结舌。

“为了吸引程力同学的注意？”王老师笑问。

我一言未发。

“肖同学，事实证明，你这样做不能吸引异性的注意，只能吸引老师的注意。”王老师感叹道。

我冷哼一声。

“要我给你支招吗？”王老师话锋一转，脸上笑眯眯的。

“怎么说？”我总归抵不住恋爱中的经验法则。

“据我这些天的观察，我承认，你在班里成绩好得要命，但外表也要命。前者能得优加，后者只够及格。”王老师平静地说。

虽然王老师为了揭露真相，忽略了我的自尊心，但至少证明他是一个真诚的人。多了一个相信他的理由，我便追问王老师：“那怎么办？”

“怎么办？”王老师摇头晃脑道，“吾日三省吾身呗：为人谋而不靓乎？与异性交而不美乎？香味发乎？”

我料想不到教数学的王老师还有文学功底，忍不住壮着胆子说：“王老师，要不是因为你的秃头和身高，我就在教师综合评定表上给你打满分了。”

王老师摸着自己长期被太阳晒成棕色的秃脑瓜，自嘲道：“虽然我的脑袋长得像颗卤蛋，但里面的内容可是价值连城哟。”

我忍不住大笑起来。

自那以后，我开始买来成打的《瑞丽》和《世界时装之苑》，每天卸下自己的五官和四肢，按照上面的方法进行包装和打磨。

一个月后，我化了个淡妆，涂了晶亮的指甲油，喷了点劣质香水来上课了。因为我们学校没有穿校服的强行规定，我索性操起剪刀“咔嚓”几下，把圆领T恤剪成深V领，后背也开了好几道口子。

早自习课上，王老师走过来拍我肩膀，问我：“你身上这什么味儿啊？”

我淡然一笑：“女人味儿。”

“你喷香水了？”王老师吸了吸鼻子。

“香吧？”我得意非凡。

“朝闻你，夕死可矣。”王老师朝我翻白眼，“明天上午第三节课课后，来我办公室一趟。”

第二天，我来到王老师的办公室，他拉开抽屉，一边从里面拿出几瓶香水小样，一边神神秘秘地告诉我：“我从老婆的化妆箱里偷拿给你的。这味道好闻。”

“王老师，我不知道说什么好，”我感动得要命，“要我过年给您送脑白金吗？”

“送我你的好成绩。”王老师拍了拍我的肩，“永远别忘了，好成绩才是你的标配，穿着打扮只是你的附加值。我不是让你恋爱，只是教你如何打造自己的恋爱行头，挖掘自己的恋爱潜力。”

“老师，高中就做恋爱准备，是不是早了点儿？”我疑惑地问。

“Not at all，”王老师啜了一口茶，“奥黛丽·赫本没红之前，贫困的她有段时间只有一条围巾，但她却有 17 种打法。中国的女生在时尚面前应该早教，不是为了勾引异性，而是为了提升女性的魅力和自信。”

“老师，你还懂时尚！”我大惊。

王老师淡然一笑，默默地打开笔记本电脑，播放了一首披头士的《All you need is love》，转身对我说："我还懂摇滚，你信不信？"

我点头如捣蒜，不停地说："信信信，你说你有文身我都信。"

故事的最后，应验了"所有的爱情都有美好的结局"这句话。在我对发型妆容和服装搭配如数家珍的时候，我向一直暗恋的对象成功表白了，又成功被拒绝了。

当时，在课间时间也埋头于习题集的程力是这样对我说的："我一直觉得你很奇怪，成绩那么好却打扮得花里胡哨。你为什么不把更多的时间花在学习上，而不是镜子前呢？"

他不知道，女人花在镜子前的时间也是一种学习。那天，我对如此不懂时尚的他彻底死心。

倒是王老师，除了夸奖我的成绩一直保持在班级前几名以外，还夸赞起我的穿着打扮和服装品位来。

"简单自然，流畅耐看，小清新大味道。"某次在走廊遇见王老师，他如此评价道。

我告诉王老师对方拒绝了我。

"很好，他多了一次后悔的机会。"王老师笑，"肖同学，结果只是最小的奖励，过程才是最大的意义。况且，现在的你，外表分数和试卷分数并驾齐驱。”

“及格了？”

“优。”王老师笑道。

“谢谢。”我也笑，已经在心里为王老师打了满分。他的秃头和身高被他的闪耀和金光彻底覆盖，已经低到尘埃里。

Chapter 05

相忘于江湖不如相濡以沫

坐在窗台上唱邓丽君的女孩

1

我念大一的时候，蒲君婕住在我隔壁的寝室里。虽然我俩是同一个专业的同班同学，但进入大学初期阶段，女生们无一不倾向和同寝室的室友同进同出，仿佛捆绑套餐一样穿梭于校园内。年轻的心受不了孤独，在寝室里再怎么显露裂缝和龃龉的四个女生，走出宿舍外也能组成一个看上去完美的圆。唯独蒲君婕例外，她是圆上的缺口。

再怎么神经大条、反应迟钝的人也会发现，蒲君婕总是一个人出入教室、食堂、寝室和图书馆。我们或许有过类似的发现：喜欢独来独往的人，要不是像一团可有可无的影子般躲在角落，恨不得缩小成一个标点；要不就是在周围筑起厚厚的围墙，不让人靠近不说，连扇窗也懒得凿。前一种人有自卑的因素，后一种人有自傲的嫌疑。但是蒲君婕，她哪一种都不是，她就是自然。同学们既感受不到她的孤僻，也体会不到她的杀气，好像她理应如此，一个人是属于她的最完美、最自然的状态体现。

在一个怡人的晚上，我发现了蒲君婕特别的地方。那天，一个人在宿舍里看书的我忽然听到了歌声。歌声像一缕香味般飘进了宿舍的窗，一股柔软细糯的复古味道扑鼻而来。我辨认出是邓丽君的《小城故事》：“**小城故事多 / 充满喜和乐 / 若是你到小城来 / 收获特别多……**”

我沿着歌声寻过去，就像抓着绳子攀过去。当我把脑袋伸出窗外，看见蒲君婕正坐在窗台上，对着月亮唱歌的时候，不禁哑然。

“蒲君婕，小心摔下去！”我冲她大喊。

“不会的，稳着呢！”蒲君婕也大声喊回来。

“歌唱得真好。”我抬头看了看露着白肚子的月亮，对蒲君婕说，“我能点一首关于月亮的歌吗？”

“可以呀，不过我只唱邓丽君的。”

“为什么？”

“为什么有人喜欢周杰伦，有人偏爱王菲？我中意邓丽君呗。”

“那待会儿，你就唱邓丽君的那首《月亮代表我的心》吧。”

我和蒲君婕就这样隔着一堵墙，迎着晚风，像两个依赖口口相传这种原始交流方式的早期人类一样，大声聊了一会儿天。

不久，《月亮代表我的心》缓缓飘出。我站在窗台边，仰望着月亮，恍惚觉得蒲君婕温柔动人的歌声好似月光下一条淙淙流淌的溪流，连月亮本身也醉了。

2

从那以后，窗台成了我和蒲君婕的电话听筒，成了一个只有我俩知道的地方。当我一个人待在寝室里看书看累了的时候，总会忍不住凑到窗前，往空气里喊一声：“你在吗，蒲君婕？”而蒲君婕回应我的方式，就是坐在窗台上，不紧不慢地唱出一支邓丽君的歌。邓丽君的歌像一条线，使我们心照不宣地拽紧了线的两端；邓丽君的歌又像一座桥，让我们看见了对面那张温暖的脸。

“肖，你喜欢什么呢？”某天，一曲《甜蜜蜜》终了后，蒲君婕问我。

“喜欢看书吧。”

“那你写文章吗？”

“还没试过。”我有些难为情地答道。

“对我来说，看了太多书却不写，就跟想了太多却不做是一回事。”

“那君婕呢，为什么不参加歌唱比赛？真正的舞台可不在窗台上哦。”

隔壁窗户忽然没了动静。几秒后，蒲君婕敲开了我寝室的门，说：“下个月系里举行的青年歌唱比赛，你能当我的亲友团吗？”

青年歌唱比赛那天颇为热闹。系里的工作人员别具匠心地把舞台安置在了室内篮球场内。参赛人员穿着光鲜亮丽的服装，脸上挂着好看的妆容在后台跑来跑去，连带过的风也有一股淡淡的好闻的香味儿。

不同于其他选手新潮时尚的打扮，蒲君婕的穿着有些出格。她穿了一件黑底白点的丝质连衣裙，脚踩一双浅口红色皮鞋，涂黑色的眼影和大红色的口红。她选择的歌曲和她的打扮一样，复古奇特，让人难忘。

夕阳有诗情

黄昏有画意

诗情画意虽然美丽

我心中只有你

一曲《又见炊烟》唱毕，篮球场内静止了数秒，大家既没鼓掌，也没欢呼，仿佛灵魂被蒲君婕掳走了，掳到了一个黄昏笼罩大地、炊烟至屋顶升起的黄橙橙的地方。

“好听！”人群里有人举高手臂，用力鼓起掌来。

我看过去，是一个头发修剪得很短，穿着一件白色T恤和浅蓝色牛仔裤的男生。

我也跟着他鼓起掌来。

并不是所有的特立独行都能收获鲜花和掌声，所有的标新立异都能得到认可和肯定。蒲君婕最后连入围资格也没得到，仅仅领了一份参与奖——一粒旺仔牛奶糖。

“到底是什么地方没对呢？”蒲君婕问我。

“或许是因为有点儿小众口味。”我没能直接对蒲君婕说，如今大学校园里摇滚、民谣、电子、流行歌曲大行其道，年代感太强的邓丽君不足以迎合大多数年轻躁动的心，自然被挤到了路边。

“算了，下次还有机会。”蒲君婕摆弄着手里那粒旺仔牛奶糖，“至少得到了一颗糖，这算不算对失败者的奖励？”

我安慰她说：“这算哪门子失败啊，不敢尝试的人才叫失败。”

3

后来学校相继举行的几次歌唱比赛，蒲君婕一次也没落下。她仍旧穿着复古的衣服，唱着复古的邓丽君的歌，一次次出现在舞台上。

有一次，在学校举行的“五四青年节”歌唱比赛上，评委里有位艺术系老师不客气地打断蒲君婕，评价说：“你别唱邓丽君了，说得好听点儿那叫复古，说得难听点儿那就是过时。”

那天，蒲君婕仍旧穿着那身唱邓丽君的行头：黑底白点的连衣裙，浅口红皮鞋，脸上画着黑色眼影，嘴上涂着红色口红。她握着话筒站在舞台中央，停了半分钟，继续唱完了整首歌。

那晚，蒲君婕照例坐在窗台上，对隔壁的我喊道：“肖，或许，我的舞台真的就在窗台上，我的忠实听众永远是月亮。”蒲君婕的声音听上去像是喝醉了。

“怎么会？你的听众还有我啊。”我忽然想起了一个人，“对了，那个穿白T恤蓝牛仔裤的男生，每次你唱歌的时候他都在场。”

“嗯，我喜欢他的穿着，蓝天白云似的。”蒲君婕在那边笑了笑。

蒲君婕隔会儿对我说：“肖，其实我一点儿也不害怕失败，一点儿也不。今天评委席里的那个老师，凭什么要暂停我的梦想呢，让它播放得了，连我自己也不介意播放得是好是坏。我最害怕的是，自己现在放弃后，五年、十年的某一天，我会后悔，我会问自己，曾经那个穿着连衣裙站在舞台上，唱着邓丽君的女生哪儿去了？”

我沉默了一阵，开口道：“蒲君婕，上次听你说了那句‘看太多书却不写，就好比想太多却不做’以后，我开始学着写文章了。”

蒲君婕赞赏道：“很好啊，进展怎么样？”

“不怎么样。”我承认说，“写起来磕磕绊绊、气喘吁吁，像个跑不了长跑的胖子。”

“加油。”蒲君婕说。

我知道这两个字是对我俩说的。

毕业那天，蒲君婕捧着十八粒旺仔牛奶糖来找我，我俩一起吃掉了那些奶糖，对大学生活说拜拜，同对方说再见。

蒲君婕没一次冲进入围赛，我没发表过一篇文章。我说我是带着遗憾离开校园的，蒲君婕却说，她是带着梦想往下一个地点出发的。

蒲君婕就像奶糖上那个旺仔，傻笑着，无畏着，倒下后站起来，一脸泥垢，笑着重新出发。

4

再次见到蒲君婕已经是两年以后。与其说是见到她，不如说是先听到她。

那时家里人托关系让我进了银行，我每天像坐牢一般被困在前台，隔着一大块玻璃和客户说话，从方形小洞里接过各种票单，对着电脑面无表情地敲打一通，收钱、取钱、数钱，最后“啪”一声盖上章，把票据和证件推出去，连笑容也懒得给。

那家银行位于繁华的一环路十字路口，人流量很大。某天下班后，我刚踏出银行，就听到了那个熟悉的声音。只有这个人，才会唱邓丽君的歌。

我顺着声音找过去，发现蒲君婕就站在十字路口的一家报刊亭旁。她背着吉他，面前放着一个四四方方的音箱和一个装有几张零钞的琴盒。蒲君婕还是穿着那件连衣裙，不过变朴素了一些，眼影和口红在她脸上消失了。

当我走到她面前时，她还兀自沉浸在《夜来香》里：“**我爱这夜色茫茫 / 也爱这夜莺歌唱 / 更爱那花一般的梦 / 拥抱着夜来香 / 吻着夜来香……**”

我喊了好几声“蒲君婕”，她总算回过神来，发现了眼前的我。

蒲君婕立马笑着对我说：“好久不见，现在哪儿上班呢？”

我指了指不远处的中国工商银行，问蒲君婕：“你呢？主业是什么？”

蒲君婕指了指地上的琴盒，淡然答道：“这就是我的主业啊。”

我看了看琴盒里的零钱，一眼就能估摸出个概数，顶多二十几块钱而已。

蒲君婕急忙辩解说：“现在是下班高峰期，听歌的人少点儿也正常，大家都饿着肚子赶着回家吃饭呢。一般要到晚上八九点，散步的人多了，人们才有那份闲工夫听我唱。”

我点点头，站在那儿和蒲君婕又聊了十几分钟。

大学毕业后，蒲君婕做起了自由歌手，偶尔混进一支乐队里，给商场活动、楼房开盘现场唱几首歌赚点儿钱。自由职业最怕接不到活儿干，由于蒲君婕唱的歌太小众，需求量不高，因此能接到活儿的机会很少。机会少就意味着赚钱少。在等了半个月也没接到邀请演出电话的那天，蒲君婕在淘宝上买了一个八百块钱的音箱，开始了街头卖唱的生活。

我问蒲君婕，弹电吉他唱邓丽君会不会很奇怪？

蒲君婕反问我，你刚刚听《夜来香》的感觉如何？

我笑笑说，光听名字就觉得好饿。今天不唱了吧，我请你吃烧烤去。

我拔掉了电吉他的插头，赶紧拎起了音箱，没给蒲君婕拒绝的机会。

坐在老徐烧烤店里，蒲君婕问我：“你现在还写文章吗？”

我将一串烤土豆举到眼前，摇着头说：“没写了，我不像你，我没那个天赋。”

蒲君婕“哦”了一声，既没表现出太多的遗憾，也没对我进行任何指责。她的语气顶多是有些失望罢了。

吃完烧烤，走出店里，一抬头，月亮正看着我俩。我不由得想起大学时候，我和蒲君婕坐在窗台上大声聊天的情景。也是在这样一个有月亮的夜晚，蒲君婕对我唱了那首《月亮代表我的心》。

我看了一眼走在旁边的蒲君婕，惊觉她还是和大学时一个样：不卑不亢、独来独往、寂寞、平和、年轻。对，就是这个词，年轻！相反，不过两年，我却矫情地觉得，自己好像老了很多。

5

第二天下班后，蒲君婕竟一手提着吉他、一手提着音箱在银行门口等我。她阴沉着脸，一句话不说，上前就把两张红票子往我怀里塞。那两百块钱是昨晚吃烧烤时，我趁蒲君婕上洗手间的间隙放进她的琴盒里的。

我对转身离开的蒲君婕喊：“你等等。”

蒲君婕停下脚步，看向我的目光很中立，好像猜到了我要解释什么。我也的确是要向她解释什么。

我说：“蒲君婕，你误会了。你知道现在有多少人的梦想被钱和生活砸死了吗？两百块钱难道还不能犒劳一下你的梦想？我把它放在你的琴盒里，只是想告诉你，从大一到昨天，谢谢你唱歌给我听，谢谢你温暖我。”

蒲君婕顿了一下，说：“两手都提着东西呢，就不拥抱你了。明天见。”

可我并没有在第二天见到蒲君婕。不仅是第二天、第三天、第四天，接下来的一周也没见到她。

我开始担心，难道蒲君婕不唱歌了？可我很快就发现，平常骑着三轮车卖玉米、面筋、鱿鱼等小吃的流动摊贩也不在了。一定是这段时间城管查得比较严吧。可我又立马陷入了另一种担心：这阵子，蒲君婕的生计问题该如何解决？

更让我觉得倒霉的是，昨晚恰巧忘记留下蒲君婕的手机号码了。唯一的方法就是等，等蒲君婕再次出现在报刊亭旁，或者说，等邓丽君的歌重新传到我耳边。

一个月后，蒲君婕仍旧没出现。

某个晚上，我和几个朋友在一家酒吧喝酒小聚，快十点的时候，意外地看见蒲君婕走上了那个小小的舞台。那一刻，我差点儿就尖叫起来。

蒲君婕穿了一件无袖连衣裙，头顶绿色的灯光打在她柔和的脸上，给人的感觉特别安静平和。音乐声响起，坐在高脚凳上的蒲君婕缓缓开口，唱道：“在你身边路虽远未疲倦 / 伴你漫行一段接一段 / 越过高峰另一峰却又见 / 目标推远理想永远在前面……”

旁边那桌有人问：“这首歌叫什么名字？没听过啊。”

“谁知道呢！来酒吧这么久，这歌手我还是第一次见。”一个扎着马尾，瘦得跟猴子似的男人说。

“这女孩我见过。”喝酒喝得满脸通红的中年男人接过话头，“她以前在街头卖过唱。有天我喝醉了回家，吐完后用纸巾擦了擦嘴，正到处找垃圾桶呢，路过那个路口，低头一看，咦，这里有个垃圾箱，手一抬，把纸巾丢了进去。抬头才发现，那是台上女孩的琴盒。”

桌边的三个人大笑了一阵，只有一个人没笑。那个没笑的人喝了一大口酒，“啪”的一下放下酒杯，啤酒溅了一桌。他说：“她唱的是邓丽君的《漫步人生路》。还有，如果你们想知道的话，她就是我说的待会儿要介绍给你们的，我的女朋友。”

三人尴尬地愣了几秒，抱歉地咿呀嗯啊糊弄过去。

那个说话的年轻男人我见过。他总是穿着白色 T 恤和浅蓝色的牛仔裤，头发剪得短短的，出现在蒲君婕参加大学歌唱比赛的每一个现场里。蒲君婕曾说他穿得跟蓝天白云似的。

我笑了笑，在心里对台上唱歌的蒲君婕说了一声：真好。

6

半年后，蒲君婕开始自己写歌作曲。

一年后，老徐导演的新片《有一个地方，只有我们知道》上映时，我刚收到蒲君婕送给我的小酒馆演唱门票。此时，那个曾经坐在窗台上唱邓丽君的女孩，终于用独特的声线和惊人的潜力作为原创歌手登上舞台。

演出的前一个晚上，蒲君婕邀我回了一趟大学母校。我俩站在昔日的女生宿舍楼下，一起傻傻地仰望那个窗台。那是梦想照进来的地方，那是只有我俩知道的地方。

那个窗台或许是我们了解世界的窗口，实现梦想的隐喻：在你站上舞台，点燃全场，迎接绚丽灯光之前，你得先坐上窗台，苦练内功，仅仅守着一点黯淡的月光。当你被不承认、不看好、不理解、不赞同的声音打倒时，梦想就是那个考验你能否在拳击赛裁判从 1 数到 10 之前，重新站起、坚持战斗的拳击手。

配饰与帮凶

1

打工回到宿舍已凌晨一点，我收到了一条陌生短信。上面简洁地写着一行字：记得我吗？这个周日晚上七点，参加高中同学会。友情提示：这是一个祈使句。

稍稍琢磨一下这人的口吻，我就知道是黄薇薇。

九岁的时候，我按照黄薇薇的提议，睡觉时把右手放在心脏上，检验会不会做噩梦；十五岁的时候，我在黄薇薇的激将下，将一片灯泡的玻璃碎渣吞进了肚子；十七岁的时候，我和黄薇薇坐在我家装洗衣机的大纸箱里，抽了生平第一口烟。第一件事差点儿把我吓死，第二件事差点儿把我噎死，第三件事差点儿被我妈打死。

一连让我“死”三次的人，我怎么可能不记得?

2

黄薇薇和我是发小。我俩一起在一个名字可忽略不计的小县城长大。县城小得像一粒芝麻，靠着几家煤窑和炼油厂缓慢发展。当你走在街上，经常能闻到一股煤味儿和炼油味儿，两股味儿混在一起，如胶似漆，风再大也扯不开，难闻至极。

“胡力，我觉得我们是住在世界的屁眼儿上。”我清楚地记得，黄薇薇对我说这话的时候是在一个冬天。那时我俩都念高一。

我之所以记忆犹新，是因为那天黄薇薇脖子上缠着一条鲜红的围巾。那条红围巾搭配黄薇薇的一身黑，仿佛黑夜里的一把火。更重要的是，那条原本属于我的围巾是被黄薇薇硬生生地抢去的。

“为什么是屁眼儿？”

“你傻呀，屁眼儿放屁、拉屎，很臭啊。”黄薇薇满脸嫌恶地骂我。

“就算这里是一个大屁眼儿，可我们能去哪儿？”我说。

“他妈的，为了光小钩，我也要离开这个破地方！”黄薇薇把围巾潇洒地往脖子上一绕，转身走之前又补了一句，“你去哪儿都行，就是别跟着我。”

黄薇薇向前走了五十米，我跟在她后面走了五十米；黄薇薇左转，经过溜冰场，我也左转，路过那家溜冰场；黄薇薇加快脚步，向一间小屋冲去，我也提升速度，紧跟不放。直到她猛然转过来，撞在了我身上。

“胡力，他妈的，”黄薇薇怒道，“这是女厕所！”

我快速扭头，视线右侧出现了一个蹲坑，尽管没人，也惊得我向后弹跳了几米。

“黄薇薇，我在外面等你。”我边说边退出了女厕所。

还没到撒完一泡尿的时间，黄薇薇已经从厕所里走了出来。

“胡力，他妈的！你怎么还在这儿？”黄薇薇长得超级美，脾气超级差。

“我说了在外面等你。”

“这是外面吗？你根本就在门口！”

“门口不是外面吗？”

黄薇薇说：“你给我滚！”

“滚之前，你能不能答应我一件事？”我问。

“说。”

“别再骂‘他妈的’了。”

“他妈的，好！”黄薇薇说。

“你能不能再回答我一个问题。”

“说。”

“你是要大号还是小号？”我问，“如果是大号，你身上带纸了吗？”

“大号。”黄薇薇一惊，“这么说，我好像的确没带纸。你能帮我买？”

“你等等。”我拔腿就跑。

当我回到女厕所门前时，黄薇薇已经不见了。

3

第二天，我特意早早地来到学校，在教室门口堵黄薇薇。大冬天的，开门的值日生迟迟未到，我冻成了狗，加上没吃早饭，又饿得像一头狼。直到太阳完全露出了它的大饼脸，教学楼的走廊上才陆陆续续出现了或单个或结伴的同学。

我又等了一刻钟，还是不见黄薇薇。我便百无聊赖地倚在墙壁上，打着哈欠，用脚后跟蹭墙玩儿。不知过了多久，我看见那条熟悉的红色围巾出现在一个男生的脖子上，他的旁边，是满脸笑容的黄薇薇。

黄薇薇看见我后，脸上的笑容立马暂停了。她并没回避什么，淡定地朝我走来。

我还没开口说话，黄薇薇已经把我拉到了一边，悄声说：“胡力，你帮我个忙。”

“昨天你不还让我滚吗？”我有些生气。

“今天我让你滚回来。”黄薇薇转头看了看等在不远处的男生，又问了我一遍，“你到底帮不帮？”

我的目光越过黄薇薇，在那个男生身上一寸一寸地匍匐前进，每移动一步都赏他一个白眼。

他妈的，那是我的围巾！我胆小，这话只敢骂给自己的心脏听，没什么用，但在黄薇薇面前，骂出来不也同样没用？

黄薇薇立马明白了我的意思，劝我道：“不就是一条围巾吗？我买给你！”

“不是围巾的问题，”我说，“是人的问题。那条围巾围在你的脖子上，多美，像冬天里的一把火。可他呢，就跟上吊还选错了绳子的颜色一样，看着特别扭。”

“不准你这样说光小钩！”黄薇薇踢了我一脚，正中膝盖。

在我看来，以我跟黄薇薇的关系，偶尔踢踢打打是好事。这就像身体接触的另一种表达方式，只不过稍显暴力、硬派了一点儿。但以前我和她使的都是“虚”力，并不真打，可这次，黄薇薇一脸认真，还一脚踢在了我的膝盖上，疼得我龇牙咧嘴。

4

当我和黄薇薇还念初中的时候，黄薇薇“富婆”的外号就在班里叫响了。她妈妈在县里开了家规模很大的日用品店，商品齐全，生意火爆。黄薇薇还有一个姐姐，叫赵爽，姓随她爸，性格也随她爸。两人皆温柔斯文，写得一手飘逸隽永的毛笔字。

黄薇薇家的店几乎是她妈妈一个人打理，一到周末和寒暑假，黄薇薇就得去帮忙。我很少看到她的爸爸和姐姐。黄薇薇说，他俩都笔墨纸砚、唐诗宋词去了。

黄薇薇遗传她妈，嘴巴毒、性格辣，喜欢和人打交道，对做生意和钱感兴趣。邻居大妈们嗤笑她说，薇薇，你爸和你姐都是拿笔的手，怎么你和你妈数起了钱？

很快，这些大妈在听说自己的孩子不止一次被黄薇薇在学校用钱招待过后，不满的嗤笑便立马在嘴角拐了个弯，变成了鼓励的微笑。

也只有我知道，黄薇薇的那些钱是她从店里钱柜里偷的。黄薇薇偷钱时使用的战略很简单：次数多、金额小。这道理就和一个人总是会不知不觉地浪费掉零碎时间，不管不顾地花掉无关痛痒的小钱一样，因损失小而不易察觉。所以黄薇薇一偷三年，也没被发现过一次。当然，更重要的是，有我这个帮凶在她每次作案时替她盯梢。

整个初中，黄薇薇几乎都把偷来的钱贡献给了吃。由于黄薇薇为人仗义、出手大方，她的身边总是聚集了不少混吃骗喝的酒肉朋友。高一那年冬天，黄薇薇一反平日作风，开始将偷来的钱攒起来，买口红、指甲油、化妆品和新衣服。

某个周日，黄薇薇趁我爸妈不在，跑来我家，很不客气地坐在我妈的梳妆台前，一把将我推出了门外。

黄薇薇在里面足足忙活了一个小时。当她推门出来时，我惊呆了。

黄薇薇打扮得简直就一真人版的愤怒的小鸟：眉毛化得又黑又浓又粗，一双狭长的眼睛向上挑着，耳朵上垂着两个水珠式样的劣质耳环，脖子上戴着一串浮夸的黑珍珠项链。她的皮肤本身就黑，如今瘦瘦的上半身又穿了一件黑色的毛料短外套，下半身还穿着一条黑色的牛仔裤，使她看上去像一个立着的影子。总之，一句话形容黄薇薇：黑黑黑，巴扎黑。

我迎上去，当即脱口而出："非洲友人光临我县，荣幸荣幸。"

黄薇薇一个左勾拳。

我看了看她外套胸口和手臂处层层叠叠的黑毛，抱拳改口："雕兄，不知龙儿身在何方，过儿好想她。"

黄薇薇一个直拳加侧踢。

"胡力，陪我去一个地方。"一番拳脚相向后，黄薇薇忽然对我说。

"去哪儿？"我抹了一把脸上的口水，心想，这悍妇，打架连嚷带骂不说，居然还喷口水。

"去表白。"黄薇薇淡淡地说。

“去表白？！”我大叫一声，又一次想，这蠢妇，明明是问她去什么地方。

5

黄薇薇带着我去了一幢单元楼。我俩一口气登上五楼，黄薇薇举起手正准备敲门，被我一把拦住。

“你这是干吗？”我惊诧地问。

“上门表白啊。”黄薇薇回答得云淡风轻。

“他爸妈在家里怎么办？”

“不正好吗？表白成功后，我就能直接进入下一个步骤。”黄薇薇脸上一副“你真笨，这也不明白”的表情。

“下一个步骤是什么？”

“登门拜访岳父岳母。”黄薇薇的表情十分郑重，我的脸色十分沉重。

“这事儿不成。”我赶紧抓住黄薇薇的手腕。

黄薇薇愤怒地甩掉我，大骂：“他妈的，你敢阻止我黄薇薇？我长这么大，谁能阻止我黄薇薇！”

我说：“我是有原因的。”

“说。”

“你这身打扮太丑。”我冷汗直冒，冒险一搏。

我原以为黄薇薇会暴怒，可这句话好像一个开关，立马关闭了黄薇薇脸上的愤怒。

黄薇薇取下肩上的挎包，拿出两听啤酒，冲我说：“胡力，陪我喝酒去！”我还没点头答应，黄薇薇已经拉着我朝楼上奔去。

我边爬楼边问黄薇薇哪儿来的酒，并表示自己不喝酒。

“我问你喝不喝酒了吗？我是让你陪我喝。”黄薇薇霸道地说。我的手被她拽得生疼，却丝毫没想过挣脱。

那时县里的单元楼楼顶面向所有人开放，居民常常在顶楼种点儿小葱、香菜什么的。每到盛夏，还能铺张席子乘凉。可黄薇薇拉我上去的时候正是冬季，冷风呼啸着往我的脖子和袖口里灌。在这种情况下，我还得喝一听冰冷的啤酒。

楼顶中央散落着不知从哪儿刮来的两张报纸，黄薇薇将它们捡起来，铺在地上，和我席地而坐。

风举起手，不断地将炼油味儿和煤味儿端到我们鼻子底下，味道混乱复杂，像是一万只臭鞋暴露在空气中，在孜孜不倦地进行交叉感染。

就在这怪味儿中，黄薇薇说：“这两瓶啤酒，我本来是准备表白失败后再喝的。”

我喝了一口啤酒，狂笑了一阵，说：“你黄薇薇还怕失败？”

“你不知道，我喜欢的人太优秀、太完美了。”黄薇薇幽幽地说。

我在心里“呸”了一声，心想，不过是土鳖县上的土鳖少年，能优秀完美到哪儿去。

黄薇薇叹了口气，开始一口一口地呷起啤酒。不一会儿，或许是有些醉了，黄薇薇的脸越来越红，话也越来越多。

黄薇薇说，光小钩长得多好看啊，弯弯的眼睛白白的脸，瘦高的身材挺拔的鼻梁；黄薇薇说，光小钩成绩多好啊，从小学到现在，全校第一名的位置就没变过，听说他已能熟读四大名著和唐宋八大家；黄薇薇说，光小钩的爸妈在火车站卖锅盔，家里很穷，学费都是亲戚借的，特别可怜，我好想替他做点儿什么；黄薇薇还说，光小钩是要离开这个小县城，前往大城市发展的。我也要好好努力，跟着光小钩一起走。

我安静地听着黄薇薇说话，觉得耳朵特别疼。

太阳横在天边，仿佛下面有根看不见的绳子，在一点儿一点儿地把它往下拉；红色在上空蔓延成小小的一团，像一个人独饮喝醉了时的脸。就在这个时候，我大声喊出：“黄薇薇，要不我做你的男朋友？”

风只用了一秒，迅速把这句话刮走。可黄薇薇还是听到了。

“胡力，你不能做我的男朋友，”黄薇薇摇着头说，“我早就把你当成我的配饰了。”

“配饰？”我惊讶道，“配饰是什么？”

黄薇薇说，“有次英语课上，老师教了一个新单词，accessory，就是配饰的意思。一件美丽的配饰能点缀整套漂亮的衣服。而你呢，”黄薇薇指着我说，“你就是那件点缀我生活的配饰，像夕阳点缀白天，星星点缀黑夜一样。”

我想了想，盯着黄薇薇，郑重地点了点头。

从那以后，我有了责任感和使命感。为了“点缀”黄薇薇，在学校里除黄薇薇上厕所以外，我都跟在她身边。

6

值日生开门后，黄薇薇同光小钧礼貌地告别，接着便粗暴地拉着我冲进教室。我拖着受伤的膝盖，像一只可怜的瘸了腿的狗。

一进门，黄薇薇就温柔地说：“胡力，只有你能帮我了。”

我伸出左腿，挽起裤腿，说：“帮忙可以，膝盖上的伤先给治治。”

黄薇薇听话地弯下身子，对着我发青的膝盖，轻轻地吹了吹。

“膝盖的伤治好了，心里受的伤怎么治？”我大声问。

黄薇薇说：“对不起。”

“再亲我一下，这事儿就算完。”

黄薇薇大骂一声“去你的”，同时飞起一脚，踢在了我的另一个膝盖上。

我腿一软，当即跪在了黄薇薇面前。

黄薇薇笑着说：“胡力，我把你在家偷看毛片的事说出去，你信不信？”

我大哭，说：“我帮！”

“爱卿平身。”黄薇薇走过来扶我。

黄薇薇告诉我，最近一周她会去她家店里“作案”多次，要我辛苦点儿，连续几天替她盯梢。以前，黄薇薇从不连续作案，这种情况可以说是破天荒，且有违她当“小偷”的原则。

黄薇薇说，再过一周就是光小钩的生日了，她必须赶在他生日前，偷齐 139 块钱，送光小钩一套《福尔摩斯探案全集》。

我大骂：“光小钩居然看福尔摩斯？”接着，我又问了一句，“福尔摩斯是谁？”

“福尔摩斯是闻名世界的大侦探。光小钩不但成绩好，还喜欢看侦探小说。”黄薇薇的眼睛晶晶亮，又问，“胡力，你有兴趣爱好吗？”

我在心里说，黄薇薇，你真是个大傻逼，我最大的兴趣爱好就是你。

黄薇薇沉浸在对光小钩的想象中，眼里的火光好似刚被点燃的两根火柴。她幽幽地说："胡力，我发誓，这是我最后一次偷钱。"

7

光小钩生日那天，黄薇薇手里拿着用红色缎带捆扎起来的《福尔摩斯探案全集》，喊了几个跟她混吃骗喝的酒肉朋友（当然也包括我），一大早堵在光小钩的教室门口，准备向他表白。

没过多久，光小钩走近，满脸疑惑。

黄薇薇上前几步，满脸紧张。

"黄薇薇，你有事吗？"光小钩问。

黄薇薇伸出捧着书的手，结结巴巴地说："我喜欢……我喜欢……我喜欢……"

酒肉朋友们个个急得发狂，只等黄薇薇凑齐最后一个字。

黄薇薇深吸了口气，终于吐出了一个完整的句子："我喜欢福尔摩斯。"

一行人狂汗。

光小钩笑了笑，说："我也喜欢福尔摩斯。"

黄薇薇把书往光小钩手里一堆，说了一句"生日快乐"，转身就跑。

酒肉朋友们急忙跟在黄薇薇后面狂追。

一个满脸痘痘的瘦子呼喊："黄薇薇，你忘了说好的表白不要紧。"

一个满身肉肉的胖子接应："黄薇薇，你别忘了说好的每人一顿饭。"

整个走廊的同学都听到了，光小钩当然也听到了。

刚一下课，光小钩就把那套《福尔摩斯探案全集》还给了黄薇薇。跟着还给她的，还有我的那条红色围巾。

黄薇薇将书丢进垃圾桶，把围巾丢给我，坐回座位里号啕大哭。

隔会儿，她趴在课桌上对我说："我就是一个冒牌侦探，永远不知道如何破解光小钩。"

我赶紧说："我给你所有线索，干脆你来破解破解我？"

黄薇薇抬起仿佛装满了两瓶红墨水的眼睛，严肃道："胡力，你一定要陪着我。"

我点了点头。

黄薇薇接着说："胡力，你一定要支持我。"

我想了想，再次点了点头。

好像当我们喜欢上一个人以后，就会忘了，脑袋应该怎样摇头，嘴巴应该如何说不。

8

一月，学校开始放寒假。

黄薇薇家离我家很近，除夕那天晚上，她约我到广场上放烟花。

站在广场上，黄薇薇跟我聊起有关班里同学老师鸡毛蒜皮的小事儿，“光小钩”的名字一次也没提起。

12 点整，黄薇薇点了一桶礼炮。

五颜六色的花朵在我和黄薇薇头顶上绽开，美丽一会儿，也就没了。

我想，黄薇薇和光小钩，也就这样了吧。

进入高二没多久，黄薇薇准备潜入自家店里再次“作案”。她让我给她盯梢，被我一口拒绝了。

“上次你发过誓，不是金盆洗手了吗？”我说。

“准备再洗一次。”黄薇薇说。

“姑奶奶，发誓不是这么发的好吗？”

“你说过支持我！”

“这次偷钱是干什么？”我扶着额头，伤心欲绝地问。

“光小钩的妈妈病了。他家穷，我想给未来的岳母捐点儿钱。”黄薇薇回答得信誓旦旦。

“可不可以不捐？”我虚弱地问，觉得黄薇薇的智商十万火急，需要急救。

“不可以。”黄薇薇说。

“那不捐了。”我说。

黄薇薇平静道：“你在家看毛片的事……”

我投降了，同时决定找个时间当着黄薇薇的面，毁掉所有毛片。

黄薇薇偷来的钱到底没捐出去。

五张百元钞票被黄薇薇放在枕头下，还没来得及捐给光小钩的妈妈，就被黄薇薇的妈妈发现了。

那天，我像往常一样来找黄薇薇，和她一起坐在她家沙发上，重温《神雕侠侣》。伯母要洗床单，刚拿起床单上的枕头，顿时吓得不轻。不一会儿，卧室里传来一声开天辟地的怒吼：“黄薇薇，你给老子过来！”

黄薇薇战战兢兢地往卧室里走，我轻手轻脚地跟在她的后面。直觉告诉我，出大事了。

“黄薇薇，这些钱是怎么回事？哪儿来的？”伯母把手摊开，上面的钱鲜红一片，黄薇薇的脸通红一片。

短短几秒，一道光射进我的脑袋，赐我一次醍醐灌顶。

我冲到黄薇薇面前，对着伯母埋下头，当机立断道：“伯母，求求你原谅我。”

伯母莫名其妙地盯着我，黄薇薇默然无语地看着我。

“先说事儿，后说原谅。”伯母坐在床沿，对我还算客气。

“钱是我从家里偷的。”我淡定地说，“求伯母别告诉我爸妈和老师。”

“你偷钱搁我家？”伯母十分怀疑。

“赃物不放贼窝，不安全。”我解释道。

“偷钱干吗？”

“进网吧打游戏。”

“去网吧要不了这么多钱，你当我是傻子？！”伯母怒了。

“和狐朋狗友组团玩局，输一次十块。我输给了五个人，连输十次。”我冷静得像一台冰箱，还不忘损己利人道，“伯母不是傻子，我才是傻子。我傻到不好好读书，交了这么一群狐朋狗友。整件事，薇薇什么也不知道。”

言毕，我抬起头，看了看黄薇薇，终究挤出了几滴眼泪。

伯母质问黄薇薇：“你真的什么也不知道？”

黄薇薇大惊失色：“我真不知道胡力居然这么混蛋！他说那钱是他舅舅过年给的压岁钱，搁家里爸妈就给没收了。”

我流着泪在心里感叹：一唱一和、夫唱妇随。黄薇薇，我俩是真般配。

伯母把五百块钱塞我手里，叹口气：“胡力，把钱还回去，别再打游戏，好好做人。”

伯母刚走到门口，转过头又补充了一句：“我想了想，你偷钱的事，我还是得告诉你爸妈。好好认罪，就不会挨打。”

我妈是一名裁缝，回到家后，我被她举着木尺重打手心五十下，左手肿成了猪蹄，一周端不起饭碗。

事后黄薇薇说：“胡力，你知道吗，那天你挺身而出，说钱是你偷的那一秒，我几乎喜欢上你！”

这个世界就是那么不公平。有些人什么也不做，也能换取对方的一见钟情、一秒倾心，而有些人为对方上刀山、下火海，才顶多换来一秒的爱情。

9

一周以后，高二年级传出一件可怕的事：高二五班打算捐给四川甘孜州贫困县城的五百元捐款不翼而飞。

上午第三节课课上，整个高二年级开展班会，申明学校为了严肃纪律，将彻查此事。

课后，捐款出现在高二五班光小钩同学的英语教辅里。

很快，光小钩被叫进了年级主任的办公室。

接着，黄薇薇被叫进了年级主任的办公室。

半个小时后，光小钩回到了高二五班，黄薇薇坐在办公室里，一字一句地写检讨，眼泪一滴一滴地砸在白纸上。

那天，我一直等黄薇薇到放学，可她再也没踏进过教室。

第二天，黄薇薇的爸爸出现在我们班里。那个身材瘦削的男人一直红着脸，在给黄薇薇收拾书包的过程中始终一言未发。

黄薇薇就这样留下一个“偷取捐款并转移给他人”的恶名转学了。事实上，她什么也没留下，因为没过多久，同学们就忘了她，没人真正介意她的道德品行。她唯一留下的，是我。她留下了她的配饰。

那天放学后，我去了伯母的店里，打听到黄薇薇跟着她的姐姐赵爽转去了市里的重点中学。

走出店时，我想，黄薇薇终究如愿以偿，离开了这个屁眼儿大的小地方。我祝愿她。但为什么我会哭？

“他妈的，你倒是对我说声再见啊！”我哭着骂出了这句脏话。

10

高中同学会上，黄薇薇依旧是最漂亮、最耀眼的那一个，尽管她只陪伴我们度过了一年多的高中岁月。

她端着酒杯，一桌一桌地敬酒，谈话和笑声能活跃全场。

黄薇薇走到我面前，彬彬有礼地对我打招呼：“嘿，胡力。”

我斟满一杯酒，和她碰杯：“这么礼貌，不像你啊。这几年也不联系我，去哪儿接受再教育啦？”

黄薇薇大笑一阵，拉了一把椅子挨着我坐下来。

不知怎么我们就喝上了，一杯接一杯。

近况家常聊了几圈，黄薇薇终于谈到高二偷捐款转学那件事。

“你觉得这事儿是我干的吗？”黄薇薇说。

我笑了：“那件事真的挺棘手的。你根本没动机偷捐款啊。当时你只需要对年级主任说，老子偷家里的钱偷得好好的，干吗要冒险偷学校的捐款？可这样又暴露了另一种偷窃行为。那钱是在光小钩的书里被发现的，却把你叫进了办公室。除了光小钩想栽赃你，那你当替罪羔羊，我想不出其他理由。”

“当初，我应该把那套《福尔摩斯探案全集》送给你的。”黄薇薇也笑，“当时的我怎么会那么傻。”

“那会儿，谁没傻过呢？”我问她，“还和光小钩联系吗？”

“大一那会儿他来找过我。我们在一起半年后就分开了。”黄薇薇替自己倒满一杯酒，又替我的酒杯添满，“我们其实一点儿也不合适。怎么那会儿，我就被他迷得神魂颠倒呢。”

我没说话。我和黄薇薇都喝得有点儿醉了。

同学会快要结束时，我终于问黄薇薇：“‘accessory’这个单词，除了‘配饰’，还有‘帮凶’的意思，你知道不？”

黄薇薇对我笑了笑，好像想起了这个单词。她冲我摇了摇头。

黄薇薇，我想告诉你，我不是你的配饰，我不要点缀你的生活。我是你的帮凶，我要点亮你的生活。当生活对你怀有不轨企图，当他人对你存有不良动机时，我会挽起袖子，站到你前面，说一句“让我来”。

我举起酒杯，想对黄薇薇说出这段曾经憋在那个高中少年心里的话。

黄薇薇提醒我道：“酒杯空了。”

“啊？”我低头看了看空空的酒杯，那一瞬间，我终于明白，高中时代早已被我俩抛在了身后，美酒已喝尽，昔人已离去。

因此，我只好放下酒杯，对黄薇薇说：“散场了，走吧。”

撑胖一个书名号

我是在大学附近超市兼职的时候认识胖子的。

胖子是超市的全职员工，寸头、肥胖，年纪不过二十岁。据我观察，胖子的体重怎么着都有 150 斤；而身高，如果拿擀面杖将整个人朝头脚两端碾到头也就一米六。他是大舌头，音色雄浑，让人觉得他嘴里老是含着一块糖，又或者是藏着一个话筒。每当胖子说话的时候，声音随着两颊上下滚动的肉，颤抖而有力地摔进空气，能把既胆小又爱发呆的人吓蒙。嘴角两侧永不干涸的两摊口水，成了胖子脸上不可忽略的小小积水潭。

“大姐，来货了！”胖子的声音能震下货架上的两袋方便面。

言毕，他扭过头，又冲我笑眯眯地喊道：“小妹，你收银！我搬货！”

胖子招呼我们做事的时候，从不用“说”，都是带“吼”的，跟他的身材一样有重量感。

“去库房搬饮料上货的时候，光是听到一个响屁，我就知道是胖子在卫生间里面。那种屁音，准是从两瓣又大又肥的屁股之间挤出来的。”超市里的曾姐虽然说话直接粗暴，却总能在由无趣缝制而成的生活床单上找到零零散散的有趣线头。

虽说如此，胖子干起活来却手脚麻利、身轻如燕，丝毫不留拖泥带水之痕，绝对不见笨手笨脚之迹。在同等时间内，需要三个送货员搬运的货物，他一个人就能搞定。

“真看不出来，长得像头大笨熊，却勤劳得像只小蜜蜂。”唐姐本是一位发福的中年妇女，但只要跟胖子的身体和名字站在一起，就总觉得自己正以跌落悬崖般的速度，在拼命掉体重。

尽管如此，胖子却全然不理两位大姐对他的戏谑和调侃，总是干完活就躲在一角，低头摆弄手机，寡言沉默得仿佛判了自己说话的死刑。

虽说是兼职，但我每天得花上六个小时，和曾姐、唐姐或者胖子待在一起。事实上，只要条件满足两人以上，且每天不间断地待在同一个屋子里，就会构成一个人际圈，就得面临不得不处理的人际关系。不管这个圈多么迷你，不论这些人多么烦你。

我本也是舌颤莲花随意聊、天南海北胡乱侃的饶舌，和曾姐、唐姐处得像被置于微波炉里的一盘菜，热度居高不下，每天娱乐乐翻天。但只要和胖子搭班，我的情绪和干劲儿就会惨遭滑铁卢。干完活的胖子岂止是一根木头，简直是一块活生生的冻肉。纵观胖子全身上下，唯一在动的就是眼珠和手指了。胖子总是倚靠在顾客看不见的盲区，一头扎进手机里茫茫的资讯汪洋中，一连游上一个小时也不愿上岸。

我受不了胖子周身散发出的高冷气质，终于在某次上完货架上的货物后，凑到胖子眼前，快速扫描了一遍将他捆绑至不能动弹的手机。

“你到底在看什么啊？玩游戏？看球赛？”当我瞟到屏幕上正在输出的密密麻麻的字，我若有所悟般地点头八卦道，“哎哟，不好意思，你继续编织你的爱之密网。”

胖子立马脸红了，支支吾吾的声音像惊惶乱窜的小白兔：“不是……没有……也有……但不是我个人的……”

我的兴趣如同一颗颗破土的春芽，更加放肆地问：“难道不是发给你女朋友的短信？”

此时胖子的大脸已经涨成了一个饱满的红气球。他有些不好意思地说："其实，我是在用手机写小说。"

"胖子，真没想到，你彪悍的外表下还隐藏着一个诗意浪漫的灵魂呢！"我睁大了眼睛，"都发表在哪儿？我想去看看。"

"它们都还是面团和作料，面包还从未新鲜出炉过呢。"胖子羞赧地笑笑，挠了挠头，"不过，我会坚持下去的。"

从那以后，我不再花大把时间和曾姐、唐姐凑在一起磨碎嘴皮子。胖子的专注像是一记耳光打在了我的脸上，唤醒了我对时间不痛不痒、浑浑噩噩的随性态度；胖子的执着像是一根鞭子抽在了我的身上，抽中了我满嘴跑火车、不做实事的务虚嘴脸。事实上，在大学期间，我有多少次打开 word，试着将那雪白的页面填满。但我渐渐发现，我的注意力不能集中三十分钟以上，网上、身边的资讯和八卦就像一片片炫迈口香糖，嚼过我就根本停不下来。那些我花费在发微博、聊微信和逛淘宝上的时间，我自以为极其碎片和微量，但殊不知长此以往，它们已经长驱直入、潜移默化地占领了我的注意力，剥削了我的专注度。而胖子，就是我在不加节制的信息高速公路上横冲直撞时，那盏大大点亮的醒目红灯，那个高高举起的"STOP"牌照。

我开始加入胖子的队伍，关掉 Wi-Fi，打开 word，只关注关心手里的文字，仿佛一个虔诚的佛教徒只留心留意手里的念珠一样。胖子常常告诉我，他唯一要做的就是坚持，唯一的目标就是撑胖一个书名号。书名号里的内容象征他襁褓里的孩子，代表他申请通过的专利号。尽管直到现在，他也从未发表过一篇文章。

在我兼职快要结束的那个冬天，胖子手里拿着一本杂志，脚步轻快地迈向了我。胖子满脸红光，搓了搓冻僵的手，指了指杂志，声音充满自信而又雄浑有力：“面包新鲜出炉了。”

不用说我也知道，胖子将先前瘦瘦的书名号撑胖了。理想理应很丰满。

我看着胖子兴奋的脸和他嘴角极具代表性的两个小小水潭，觉得他像极了一名船长。那个满载着由文字堆叠而成的金银财宝，即使船身陈旧、桅杆折断、帆布破烂，还是竭尽全力驶往梦想的彼岸。我仿佛听见了只有一个人孤独出发的马达声，和属于那个人收获的胜利号角。

喷嚏女郎

住校以来，我一直认为女生宿舍不过是个“无聊与八卦齐飞，欢乐共咒骂一色”的病菌交叉感染场所。每一个室友都或多或少地会成为他人的暴君，大家的言行、习惯、性格如同摔在不足十平米空间里的一个个喷嚏，地板帮其扩音，墙壁助其反弹，粗暴地攫取着他人的注意力。时间一长，便有意无意地获得了由最初的马赛克荣升为高清 GIF 图的殊遇。

寝室里靠窗睡的女生叫 F。F 生得矮胖，皮肤很黄。夏天经过走廊时，你准会看见一块巨大的冒着热气的黄油朝你走来。室友 A 说整个世界对 F 来说就是一个桑拿房，供她每时每刻在这里进进出出。F 喜欢看书，整日埋在书堆里，对他人他事完全没兴趣。随着书籍的增多，F 索性堆出一个书墙，将属于她的空间兀自隔了出来，只在入口挂一个布帘当门来使。

跟 F 临床的 A 是个嗜食者。食物对她来说，就和呼吸一样重要。A 从不是饿了才吃东西，而是随时随地往嘴里塞东西：面包、果脯、薯片、酸奶、饼干、热狗……总之一切能撕开包装入口即食的东西。A 仿佛动画片里或人或妖的贪吃者，他们只要张开黑洞般的嘴，猛吸一口气，就能像葫芦娃手里的葫芦一样将一桌子的食物收进肚里。A 很少说话，仿佛有了食物，她的嘴就不够用了似的。

我旁边床位的女孩绰号“咖啡女”，她有着天生就爱挑衅的性格和咄咄逼人的气势。咖啡女的舌头总是高速旋转着，一刻也不得闲，完全让人不明白哪有那么多的话要讲。就这点看来，咖啡女和 A 完全形成了关于嘴巴功用的两极格局，且呈现出均势状态。除此之外，她最大的爱好就是喝咖啡。某天，我在走廊里遇见她，看见她头戴一顶牛仔帽，打着赤脚，穿一条天蓝色牛仔裤，以及一件疑似从她祖母那代传下来的旧衬衫，手里端着用马克杯装满的大杯黑咖啡，潇洒又帅气地在过道里晃来荡去。

作为悲观主义者的我，对平面肖像变立体浮雕的三位喷嚏女郎持怀疑态度。因为构成她们性格元素的喷嚏既不美，也不含对他人有利的微量元素。喷嚏女郎们虽算得上标新立异、特立独行，但通常标新立异意味着自大排他，特立独行蕴含着摈弃团结。她们都是自我塑造出的平行线，可以说是从容自信，亦可以说是目中无人地向两边延伸，构成个人主义风格明显的集体生活。

转折点出现在“寝室门”事件。自从学校推出寝室文化活动节，要求各个寝室设计出独特的“门面”设计之后，寝室里先前有如插入“定海神针”般各行其是、安静祥和的生活遭遇了史无前例的一次抽离和颠覆。

活动要求提出以后，咖啡女便在宿舍门上挂了一张砖头大小的纸板。纸板上是永远抹杀不掉寝室罪行的三个字——学习中，将纸板翻过来，还是保准吓人一跳的“学习中”。

门牌挂上以后，每到周三晚上九点，咖啡女就会关上房门，拉紧窗帘，在寝室里大放 Black Eyed Peas 和 Lady Gaga 的热辣舞曲，并拉着我们永远跟不上节奏地胡乱蹦跳、声嘶力吼。寝室墙壁两侧总有人大力捶墙、破口大骂，楼下寝室也准有人举着扫帚、拖把、撑衣杆等用具“橐橐”地敲着她们的天花板——我们的地板。此时，寝室内不管是谁，都会充耳不闻，继续张牙舞爪、高声尖叫，仿佛集体进入了某种灵魂出游的状态。仪式结束后，咖啡女总会问大家：“小姐们，来杯咖啡吗？”我们总是默契般地响应回答：“不，来个帅哥！”

F 在门上贴了一张象征我们寝室理念，类似标语类的白纸作为装饰。她用心地找了一位毛笔字写得非常棒的朋友，用隶书在白纸上写下了《古诗十九首》

之一：人生不满百，常怀千岁忧，昼短苦夜长，何不秉烛游。除此之外，她还用包装纸折成四颗不同颜色的星星，粘在了门上。做完这些后，F又重新回到“书墙”边，进去之前还不忘扭头对我们说：“你们知道吗？我是一个小偷，我从每一本书的窗口跳进去，用指尖贪婪地将书里的知识一一触碰，那些精华的东西将被我欣然带走。为增加神秘感，我从不走大门，而是从窗户跳出去。”我们无一不点头承认道：“没错，你是小偷，但你不可能从窗户里跳进跳出，你没有那么轻盈。”

另外，A把寝室门牌号篡改了。我们宿舍的号码本来是117，被A用黑色涂料改成了007。A照常嚼着薯片，鼓着腮帮，扬言说我们是“007”里的四个“邦女郎”。

经历此类“把自己的快乐建立在他人身上”“成就自己的美梦是以制造他人噩梦为前提”的种种事件后，我和三位喷嚏女郎慢慢建立起革命战友般的浓厚情谊。寝室生活就像一个板凳上的四颗螺丝钉，大小、规格、硬度、形状不尽相同，但它们保证桌腿直立、平衡和牢固。

毕业前一天晚上，咖啡女在寝室里举行了一次个人吉他弹唱会。那天，她戴着一顶灰色报童帽，坐在一个木质高脚凳上，头顶上悬着一盏蘑菇灯，橘色的灯光恰到好处地让她的半张脸躲进了阴影里；宿舍墙壁挂上了牛角、水壶、古老的祭祀器物和印第安风格的壁画，都是咖啡女的几样收藏品；屋子里所有的光都被吸走，仅剩下来自壁灯打出的小片微弱黄光。

此时，F撤走了她赖以生存的“书墙”，A在那天没有吃任何食物，我托着腮帮，花痴般看着咖啡女弹吉他、唱民谣。随着手里撩拨的琴弦，一个个音符从她嘴里飞出，环绕立体声般充塞了整个007寝室，震惊了赶来听她唱歌的每一个人。

咖啡女从曹方唱到张悬，接着又唱了周云蓬，最后以鲍勃·迪伦的《one more cup of coffee》结束弹唱会。到最后一曲终了，咖啡女从高脚凳上跳下来，打开了寝室顶上明晃晃的白炽灯，用她那一贯不耐烦的口气说道：“姑娘们，回自己的窝吧，免费的音乐还没听够吗？”大家这才如梦方醒，踱向各自的寝室，顿时化身为一个又一个如同丁香般结着愁怨的姑娘。

看着挤满的人群悉数散去，我才明白，自己原来爱着寝室生活，爱着寝室里的三位喷嚏女郎。之所以将可爱的她们命名为喷嚏女郎，是因为作为悲观主义者的我，觉得大家都是这个世界上的一个喷嚏，大家互相接触，而后彼此遗忘，或许只有在某个艳阳天，晒被子、抖灰尘的时候才会记起对方。

如今我有十足的理由相信，喷嚏也能作用于生活，甚至影响和鼓舞生活。因为就算是微不足道的喷嚏，也能像韵，像诗，像旋律，像歌。即使是杂乱的、无韵的、不成行的诗，也有让你的眼睛按下快门的一瞬；即便是走调的、俗气的、不成调的歌，也能让你的耳朵捕捉到震颤的一秒。

问候只为道歉，见面只为告别

1

1996 年，宋盼子刚上小学的时候，爸爸，对她来说意味着钱；爸爸回家，则代表着给她钱。

每当宋盼子从爸爸手里接过一张崭新的 10 元钞票时，她的耳边就会响起小学校园里沙嗓子的敲钟声：当——当——当。一共三下。十——块——钱，带着尖叫和狂欢的三秒。

在宋盼子简单快乐的童年时代，这两种声响构成了一截 AA 电池里的正负两极，让她的兴奋神经永不断电。

“沙嗓子，我长大以后，也要穿全身都有大兜的衣服。”宋盼子总是这样告诉沙嗓子。

沙嗓子低着头，一只手拿一根20厘米左右的铁棒，用仅有的一只右眼瞟了宋盼子一眼。

宋盼子跟在沙嗓子后面，闻着他衣服上的叶子烟味儿，朝学校里唯一的小卖部走去。

沙嗓子是学校的敲钟人。那会儿，镇上的小学还没富裕到能安装电铃，学校便请来沙嗓子，让他负责一些开关校门、敲钟打铃、保管储物室钥匙之类的工作。据说，他是校长的远房亲戚，因为小时候的一次未及时诊治的高烧，影响了声带发育，导致他的声音与常人相比听上去更显低沉、沙哑。至于瞎了的那只左眼，则是由于沙嗓子年轻时在工地上做工时发生的一次意外工伤。

同学们经过沙嗓子身边时，总会热情地跟他打招呼，他呢，从不说话，只是点点头，抽几口叶子烟，仿佛唯一的爱好就是举起铁棒，将那块挂在屋檐下的烙铁敲得“当当当”直响。

沙嗓子掀开一个油腻的灰色布帘，让宋盼子先钻进那个黑魆魆的门洞里。

“我在外面抽会儿烟，等田田。你先进去挑零食得了。”沙嗓子取下耳背后指头粗的叶子烟，对宋盼子说。

“告诉田田，我请他吃果冻。”宋盼子捏紧了手里的 10 元人民币，像捏紧了一句小孩子之间的誓言。

她转过身，走进了小卖部。

沙嗓子的小卖部既小又黑，巴掌大的地方仅摆着三个背篓；背篓上放着三个大而圆的簸箕。簸箕里放满花花绿绿的小零食，背篓里则装满了存货。三面粗糙坚硬的水泥墙围绕着这三个簸箕，像完成了某种供奉。

窗外，晨光被一个巨大有力的拳头打散了。光斑穿过小卖部破旧狭窄的窗，为簸箕里的零食打上了一盏盏聚光灯。

宋盼子站在簸箕前，挑了十个葡萄味、十个水蜜桃味的果冻。

“盼盼！”布帘被掀起，田壮壮探身进屋，手里提着一大袋豆浆和几根油条。

“给你果冻！”宋盼子分给了田壮壮五个葡萄味、五个水蜜桃味的果冻。

2

2002 年，田壮壮小学毕业后的那个暑假，某天，他一路喘着气，“呼哧呼哧”地爬上宋盼子六楼的家。

他蹲下身，将两只手掌撑在膝盖上，抬头打量着楼道里雪白墙壁上贴着的长条。那张课本封面大小的白纸上，印着粗体的两行字：邻居和睦，家庭和谐。字的右下角还特意点缀了绿色的叶和红色的花。

在那个物质贫乏的年代，富贵和美好是人们心底最先渗出的愿望和憧憬，标语和对联便成了最直接也是最廉价的体现方式。

和宋盼子做了六年的朋友和同学，这却是田壮壮第一次来宋盼子家。

田壮壮正要伸手敲门时，面前的防盗门率先打开了，一个男人出现在田壮壮眼里。

男人穿着一套蓝黑色的制服，上衣上有醒目的四个大口袋，五颗闪闪发亮的铜扣子一直扣到翻出的衣领前。他两颊凹陷，皮肤像涂了一层蜡，一头浓密的黑发好似忘了打理修剪的野草。男人身上唯一有生命力的东西，就剩下两条浓眉和鹰钩鼻之间的眼睛了。那双明亮眼睛放出的光，仿佛能将他身上的其他缺陷都覆盖了。

男人警惕地问："你找谁？"

宋盼子正要开口时，有人把防盗门开到最大，一个年轻男子双手抱着一台彩电，叉开双腿，螃蟹似的将它从房间里搬出来。

"我找宋盼子，她在家吗？"田壮壮看见了房里一堆待搬的家什：电冰箱、电风扇、书桌、茶几、椅子等。

穿制服的男人的注意力早已不在田壮壮身上。他抱着胳膊站在屋内，饶有兴致地看着年轻男子一进一出地搬动家具。

田壮壮不知该走该留，愣成了一根木头。

直到一阵“咯噔咯噔”的高跟鞋声响起，一个身材高挑、相貌端庄的年轻女人从屋内走出来，开口问站在她家门前的小孩是干什么的，田壮壮才回过神来。

“我叫田壮壮，是宋盼子的朋友。是这样的，她约我今天来您家玩。”田壮壮怯生生地说，心想，面前的女人就是宋盼子的妈妈了吧。她真时髦啊。

她的确时髦。那天，她穿着一身火红色的直筒连衣裙，踩着黑色高跟鞋的双腿洁白光滑得有些不真实，像正午太过强烈的日光，晃得人眼前发晕。

“还玩儿？真他妈有心情啊！”一阵哐当的器具撞击声忽然响起，田壮壮还没反应过来，就看见宋盼子在一堆日常用品和家用器具中翻了个身，一台立式风扇压在了她的小腹上，她正在用力地将它挪开。

“宋辉，操你大爷的！”宋盼子的妈妈企图给穿制服的那个男人一个耳光，却被他捉住了手。

“你们两个，都滚吧！”他甩开宋盼子妈妈的手，踢翻了旁边的一把椅子。

宋盼子的目光慢慢地落到了田壮壮的脸上。她像一个遭遇家庭交通事故的受害者，无力、虚弱地横躺在地上。宋盼子虽没开口说一句话，但她那盛满委屈和伤害的大眼睛，已经意味着正伸手向田壮壮求救，意图再明显不过。

很多年以后，田壮壮怎么也没弄明白，当时的宋盼子为什么偏偏要向一个不谙世事、在成人世界手无寸铁的小孩子伸手求救。那太过残忍，也太为难他了，不是吗？一扇门的距离，就足以阻挡一个人的勇气。长大后的田壮壮脑海里总是反复翻腾着一个问题：如果那时候自己向宋盼子伸出了手，或者仅仅是投递了一个关切的眼神，给出了一句温馨的话，结果或许会大相径庭吧？

可田壮壮避开了宋盼子的目光，只对屋里的她撂下一句："盼盼，你家里有事，我先走了。"

不等宋盼子做出任何回应，田壮壮已经转过身，快步走下了楼梯。

3

2004 年，田壮壮继续在这个封闭落后、发展缓慢的小镇上念初二。

沙嗓子仍旧在镇上的小学从事守门人和保管员的工作，只是现在学校里安装了电铃，他不再用铁条敲钟了。那根 20 厘米左右的铁棒，连同曾经挂在屋檐上的烙铁，被沙嗓子用一块白布包好，收进了抽屉里。小学里增加了两家小卖部。两家小卖部都挂着鲜亮抢眼的招牌，店里涂着雪白的油漆，还贴满了漂亮的海报。只有沙嗓子，仍旧在那间又小又黑的房间里卖零食，还是将各式各样的零食盛在三个簸箕里，簸箕下放着装有存货的背篓。

沙嗓子依旧抽很多叶子烟，依旧说很少的话。

14 岁的田壮壮正处在叛逆阶段，像所有青春期的少男少女一样，他成天被太多躁动不安的情绪和莫名其妙的想法所困扰。可他胆小，不敢逃课、上网，也曾试过拉帮结派、打架闹事，却不知道该如何进入那个圈子；也想过当一名不良青年，可又不知道该怎么当。

某天，田壮壮鼓起勇气问沙嗓子："爸，我想像宋盼子那样，去县城念书。"

沙嗓子用唯一的那只眼睛瞪着他看了几秒，语气不快地回答道："咱们家庭贫困，不能和宋盼子家比。这辈子，你好好守着这块地，陪着我就够了。"

够了？这怎么能够呢？为什么你让我困在这个尘土飞扬、话题永远是鸡毛蒜皮的镇子上？这个年龄，不正是出门求学，拔高眼光和增长见识的时候吗？为什么当别人家的父母都在拼命为孩子打开一扇窗的时候，你却把我面前所有的门都关上了？你可以固步自封、抱残守缺，但别拉着我啊。

田壮壮心里的想法多得能凑齐一篇八百字的作文，但在沙嗓子面前，他连一个标点符号也不能说，一个语气词也不敢用。他记得很清楚，上次自己对沙嗓子顶了一句嘴后，正在吸烟的沙嗓子不发一言，直接就把叶子烟掷在了他的脸上。

粗俗、暴力、虚伪、乡下气。这是田壮壮对自己父亲的整体评价。

田壮壮虽然长大了，想法慢慢会变，但沙嗓子身上的那些性格是长在他身上的，永远也改变不了。

在小镇念初中的那些天，田壮壮总是非常羡慕和想念宋盼子，但自从小学毕业后的那个暑假，宋盼子就再也没有理睬过他。

4

2002 年 8 月 20 日，宋盼子记得很清楚，这天，她和妈妈被爸爸赶出了镇上最漂亮的居民楼。

一个趿拉着拖鞋头发油腻的年轻男子用手牵着妈妈，妈妈牵着她，面对楼下的花坛站了很久，直到一辆轻型小卡车缓缓开向小洋楼，停在了花坛边。他们背后，堆着为数不多的家具。

司机熄掉引擎，从卡车里跳了下来。

他对年轻男子使了一个眼色，年轻男子便松开了妈妈的手。紧接着，妈妈攥着宋盼子的手也顺势松开来。

妈妈放手的那一刻，宋盼子莫名觉得害怕，下意识地想重新攥住妈妈的手，结果却握了个空。回过神来后，妈妈已经坐到了卡车的副驾上，年轻男子和司机捋起袖子，开始动手将家具搬到卡车里。

也不知怎么回事，宋盼子的眼泪忽然就掉了下来，连她自己也没第一时间察觉到。12 岁的宋盼子第一次体会到了被抛弃的感觉。独自茫然站在那里的她，好似变成了一件商品，被爸爸嫌弃脱手，转移到妈妈手里后，妈妈也只是将她随手一丢，随意得像扔掉一件衣服或一双袜子。宋盼子觉得，妈妈无意识的放手动作，或许正是自己和妈妈关系脱落和松散的开始。

宋盼子绕到卡车背后，不想让任何人看见自己哭。事实上，两个男人忙着搬东西，妈妈在副驾上坐着，没人留意到宋盼子。

地上的家具只剩下几件的时候，宋盼子抬起头，试着让泪水流回眼眶。她仰起脸的同时，看到了一张再熟悉不过的脸。

六楼窗前，爸爸正将头伸出窗外，朝下俯瞰着。宋盼子的眼睛对上了楼上爸爸的眼睛。她认真注视着那对和自己一模一样的眼睛，不敢眨一下。

过了很长一段时间，长得宋盼子的脖子发僵，眼睛发花，楼上的爸爸也并没有移开目光，或者转身离去。

“盼盼！你上来！”爸爸在楼上呼喊宋盼子的时候，地上的家具已经搬得一件不留。

爸爸的声音引起了两个男人的注意，与此同时，宋盼子看见妈妈下了车。

妈妈踩着高跟鞋来到宋盼子面前，穿着打扮一如往常耀眼漂亮。她在宋盼子面前蹲下，脸上风轻云淡。她把宋盼子的双手握在胸前，说：“盼盼，还有最后一点儿时间，你选择吧。”

5

2005 年，田壮壮初中毕业后的那个暑假，在他第三次向沙嗓子提出要到县里的中学念高中时，沙嗓子彻底暴跳如雷。

沙嗓子走进里屋，从抽屉里拿出那根曾经敲钟的铁棍，直愣愣地就往田壮壮脑袋上砸，下手又快又狠。

“他妈的，你想要离开我，就像你妈当初一样！”沙嗓子反锁上门，嘴里骂骂咧咧，追着田壮壮在小卖部里兜兜转转。

小卖部太窄太小，田壮壮虽然尽力躲闪，额头和后脑勺还是挨了好几下，很快肿成几个大包。

15 岁的田壮壮虽然不知道滋生暴力的土壤是如何催生和形成的，但这么多年视暴力为家常便饭的他，已经学会如何对待沙嗓子的施暴行为了，那就是躲和逃。

如果前面的路不是死胡同，还有出现路和光亮，那么你要做的，不是转过身去迎接暴力，而是拼尽全力地躲闪和逃跑。如果一个人没有力量，那么他直面暴力的行为就是愚蠢的。

这一结论，是田壮壮从妈妈身上得出的。

田壮壮 6 岁那年，妈妈离家出走。

6 岁之前，田壮壮全家住在另一个镇上。田壮壮记得，那里有一座桥、一条河、成片的树林，地上交替变换的碎石路和泥巴路，路两边连路灯也没有。田壮壮一家住在一排瓦房的一间里。一幢高大的居民楼挡在瓦房前，既挡住了田壮壮一家的阳光和视线，也将他们衬托得更加寒碜可怜。

阳光照不到瓦房这里，就像照不进田壮壮一家的生活里。

那排瓦房背后有一个杀猪场，整天充斥着屠刀与案板撞击的声音和一只只肉猪被宰杀时声嘶力竭的叫喊。猪们拔高嗓子，发出一阵绝望痛苦的鸣叫，响声又尖又长，往往前一秒还全力挣扎的声音，下一秒就被一把屠宰刀倏忽中断。

幼年的田壮壮熟悉这种声音，如同熟悉妈妈在房间里不断发出的叫喊。

那时的沙嗓子爱喝酒，喝醉了就跑到街上，指着镇里人的鼻子破口大骂，有时还会扯着对方的衣领，将对方臭揍一顿。沙嗓子被妈妈领回家后，往往二话不说，对着她就是一阵拳打脚踢。

那个时候，小镇上谁也没听说过“家庭暴力”这四个字。田壮壮只是听酒醉的爸爸大骂着说过，妈妈在邻近镇子有别的男人，她伺候和服侍着那个男人，心根本没长在这个家里。田壮壮无意间还听邻居说，沙嗓子是个乡下人，嘴巴上斗不过受过高中教育的妻子，只有通过拳头和怒骂，以维持丈夫的尊严和地位。

不管妈妈是什么人，做过什么，在田壮壮眼里，她只是最温柔的母亲，最疼爱自己的妈妈。因此，醉酒的沙嗓子每次将田壮壮拖到一边，动手拉扯妈妈头发，往妈妈脸上扇耳光时，幼小的田壮壮总会冲上去，伸出双臂护着妈妈。

沙嗓子不拉开田壮壮，也不动手揍他，只是田壮壮每一次的保护行为，都让沙嗓子的拳头更重一点儿，妈妈身上的淤青更多一些。

最终，在田壮壮6岁那年，妈妈从瓦房里逃跑了，带着她的几件衣服和日用品，拿走了家里唯一的大箱子。妈妈没有留下只言片语，不管是对沙嗓子，还是对自己。

妈妈离家后的半年，田壮壮经常守在家门口，扶着瓦房前的木门框，眺望远处的碎石路，等着妈妈的身影出现在那幢居民楼的转角处，提着那口大箱子，快步向自己走来。

很久以后，田壮壮才意识到，妈妈不会回来了。

6

2005 年 9 月 23 号这天，宋盼子第一次开口对任郁然说话。

午休时间，同学们都趴在课桌上午睡，炎热正午，教室里却异常清爽安静，宛如一口盛满凉意的水井。蝉鸣泻入几扇大大敞开的玻璃窗，声声入耳。教室里，只剩吊扇不停转动时发出的轻微声响：咯吱，咯吱，如同一首唱不尽的摇篮曲。

像往常一样，宋盼子轻声从桌肚里拿出一本书，认真读了起来。从小到大，她都没有午睡习惯。

任郁然刚刚打完篮球从操场上回来，一屁股坐在宋盼子旁边的座位上，拧开一瓶百事可乐，仰起脖子，往嘴里一阵“咕噜咕噜”猛灌。

就算是喝可乐，任郁然也没忘斜着眼，将目光投射到宋盼子身上。一如往常，宋盼子没看他一眼，不知道是故作矜持，还是根本就视他为空气。

这已经是高中新学期开学的第三周，任郁然对这个沉默寡言的同桌充满了疑惑和不解。和她成为同桌的那一天，也是新同学互相认识的第一天，任郁然几乎是堆满脸上的笑容，捧着一颗热情赤诚的心在向她打招呼：“你好，宋盼子，非常高兴成为你的同桌。”

宋盼子看了看任郁然，朝他微微点点头，没有笑容，没有问候。

任郁然虽然碰了钉子，却是一个天生的乐天派，他再次开口道:“宋盼子同学，你初中和小学是在哪儿念的啊？”

宋盼子从书中抬起头，一脸淡漠地看着任郁然。

任郁然仍旧笑看着她，心里却忍不住猜测：难道这个女孩从没学会如何使用面部表情？

接下来的二十几天，宋盼子依然没对任郁然说一句话。要不是宋盼子在课堂上被老师抽起来发言回答问题，任郁然还以为她是一个哑巴。刚开始，任郁然以为自己给宋盼子留下的印象不佳，所以才得到她不冷不热的待遇，但渐渐地，任郁然发现，宋盼子和班里的所有人都走得不近，从不主动打招呼，更不会微笑问候。只有在课堂分组讨论或是安排卫生任务的时候，她才会和同学们说几句话，语气既不热情，也不冷漠，从来都是客观冷静的中立式语调；脸上偶尔也会出现表情，但极其细微、短促，仿佛蜻蜓点水般浅淡。宋盼子仿佛是在刻意削减嘴巴和表情的功能，只让它们提供最低供电，满足最必要的人际交往。

尽管如此，同学们却不讨厌和疏远她，班里有几个男生反而特别欣赏她的个性和魅力，甚至暗恋着她。在任郁然看来，这完全是由于宋盼子清丽脱俗的长相。

16 岁的宋盼子长得娇小清秀，皮肤很白，短发，一侧黑发拢到了右耳后，脸部轮廓类似桂纶镁。宋盼子就像一块刚出炉的新鲜白面包，纯洁而干净，不需要肉松、果酱、奶油等搭配，也能透出一种独有的味道。

在任郁然的眼里，光是宋盼子黑色的头发和白色的脸蛋，就美得如同一幅水墨画。

这次，宋盼子破天荒地对任郁然说话时，他的耳朵几乎不敢确认。直到宋盼子再次朝着他的方向，压低声音提醒他道："快看！一只气球！"

任郁然差点儿被一口可乐呛住，他第一次在宋盼子脸上看到了激动兴奋的表情。任郁然转过身，顺着她手指的方向，赫然看见窗户外徐徐升起一个氢气球。气球上画着一个大大的米奇。

任郁然注视了气球几秒，转过脸来，试探着问宋盼子：“你喜欢气球？”

任郁然哪里知道，宋盼子喜欢的是窗外的惊喜，一如喜欢三年前，爸爸将头伸出窗外，目不转睛地盯着自己。

7

2005年8月25号下午，田壮壮将手里的彩色粉笔揣进兜里，拍了拍手上的灰。

六楼墙壁上贴着的白色长条已经发黄，“邻居和睦，家庭和谐”八个字早已变淡变浅，右下角点缀的花草失掉了最初的颜色，苟延残喘地维持着被岁月过滤掉的鲜活生命。

田壮壮呼出一口气，敲开了曾经宋盼子的家。

门打开了，任郁然伸出脑袋，说了一声“进来吧”。

田壮壮小学毕业那年，镇上闹得沸沸扬扬的事情有两件：一是这个闭塞、落后的小镇上有人开采出了石油，为小镇的经济带来了不可估量的乐观前景；二是镇上第一批发财致富的宋辉离了婚，原因是他的妻子劈腿，跟一个社会混混搬去了县城里。没过多久，宋辉带着女儿宋盼子，放弃了镇上吃香喝辣的工作，神不知鬼不觉地搬离了小镇。

从小学毕业到现在，田壮壮最在意的事情也有两件：一是和自己关系那么好的宋盼子离开那天，没有通知他，亦没有告别；二是这三年间，宋盼子从没联系过他，也没留下任何他能追踪到的新生活的动向和线索。

从初中到高一的这三年，宋盼子从田壮壮的生活中彻底消失，把所有被田壮壮视为珍贵记忆的东西随意抛掷，如同丢弃一个玩腻了的破旧布娃娃。田壮壮从未责怪过宋盼子，准确地说，应该是没有底气责怪宋盼子。小学毕业后去宋盼子家的那天，宋盼子像一件物品似的倒在一堆家什里的那天，宋盼子用哀怨的眼神向自己求助，自己却残忍地移开目光那天，他们的关系是不是就已经崩塌消逝了？

田壮壮一次又一次地责问自己，兴许不是宋盼子抛弃了自己，而是自己抛弃了她。

宋盼子搬离小镇后，田壮壮几乎每隔一周就会跑到镇里这幢最漂亮的居民楼前，一口气爬上六楼，坐在宋盼子家门口的台阶上，一坐就是大半天。

田壮壮仿佛看到了 6 岁时的自己，那个扶着门框，等着一个手提箱子，迎面向自己走来的女人的自己。不同的是，对于妈妈，他并没有什么懊悔和亏欠，但对于宋盼子，他欠她一句道歉，她欠他一句告别。有着谜团和遗憾的人生，田壮壮不想要。哪怕历经漫长的等待，哪怕受尽痛苦的煎熬，他也要等她回来，等到有关她的任何消息。

当田壮壮在宋盼子家前的台阶上坐了整整一个暑假后，他的心里开始萌生出一个想法。

一周后，田壮壮兜里揣着十几支粉笔，来到了宋盼子曾经的家门口。正当他往墙上一笔一画写着什么时，任郁然忽然打开了门。

就这样，田壮壮认识了刚搬来这里的任郁然。

8

2006 年 1 月，宋盼子从任郁然口中听到“田壮壮”三个字的时候，心里仿佛被针扎了一下。

“你认识他？”良久，宋盼子淡淡地问出一句，眼睛不看任郁然，而是投向教室玻璃窗外。一月份的天空呈现出一片肃杀和萧索，窗外什么也没有。

“我认识他三年了。”任郁然说到这里就停了下来，认真观察着宋盼子的表情。他好不容易才跟眼前的女孩熟识起来。

“我认识田壮壮的时候，还是在一个小镇上。说不定你口中的田壮壮，并不是我知晓的那个他。”宋盼子将眼神收回，移到任郁然脸上。

“田壮壮的爸爸叫作沙嗓子。”任郁然说。

“哦。”宋盼子忽然笑了，“我记得他。”

宋盼子怎么会不记得沙嗓子呢，那个学校里的敲钟人，那声幼年时她最爱听到的“当当当”，那个虽然贫穷却踏实勤劳，能给自己带来安全感和亲近感的沙嗓子。他和自己的爸爸一样，能直面现实苦难的一面，绝对不会移开目光，不像胆小怯弱的田壮壮。

“宋盼子，你童年是不是在一个叫作‘幸福镇’的镇子上度过的，住在当时镇上最漂亮的一幢居民楼里。”

任郁然的问题打断了宋盼子的思绪。宋盼子张着嘴，惊讶地望着任郁然。

“我在那儿念的初中，而且，不知是缘分还是巧合，我家搬来时就住在你曾经的家里。”这些话，任郁然已经在心里压了很久。

“这么说来，你是在念初中时和田壮壮认识的？”宋盼子问。

“宋盼子，这个周末，你能去我家做客吗？不是县上的家，是‘幸福镇’的老家。”任郁然露出一个暧昧不明的笑容，没有正面回答宋盼子的问题。

还没等宋盼子回答，任郁然已经将一个盒子塞进宋盼子手里，转身跑出了教室。

宋盼子将还未说出口的话咽回喉咙，打开了那个盒子。

盒子里装满了果冻，来自沙嗓子小卖部的果冻，一种是葡萄味的，一种是水蜜桃味的。宋盼子看着满满一盒子的果冻，任由浓浓的童年味道扑面而来。

宋盼子以为这两种古老、过时的果冻已经停产了，如同以为自己对幸福镇和田壮壮的感情已经淡漠了一样。

但所有的自以为，在真实而强烈的感情面前都站不住脚。

9

2008 年 7 月，田壮壮从镇上的高中毕业。一个月后，他拿到了一所重点大学的录取通知书。大学校园离家很远，一路得经过火车、汽车、三轮车才能抵达。

领到通知书那天晚上，田壮壮在小卖部走来走去，兴奋得睡不着觉。他终于可以离开小镇，离开这个家，离开沙嗓子了。

第二天，田壮壮看见沙嗓子第一次撤走了几年来固守在房间里的三个簸箕和三个背篓。他将门上挂着的那块灰色的油腻腻的布帘卷起，一瞬间，阳光肆无忌惮地闯进屋内，照亮了光秃秃的墙壁和水泥地板。小屋沐浴着一层金光，仿佛活了过来。

沙嗓子高兴地搓着手，连脸上的皱纹里都盛满了笑意。看见田壮壮从里屋出来，沙嗓子快步走到他面前，伸出一只粗糙厚实的手掌，试图摸摸田壮壮的头发。

田壮壮躲开了。

沙嗓子的那只手无声地落到了自己的后脑勺上。他第一次像个男孩一般手足无措，尴尬地挠了挠后脑勺，对田壮壮说："田田，太好了，这下，爸爸能和你一起搬到大城市了。"

田壮壮的耳朵边一阵轰鸣，所有的感觉和意识仿佛都凝固了。他木然地站在原地，看着满脸带着鲜有笑容的沙嗓子，猛然发现他已经老了很多。

田壮壮转身进屋，从沙嗓子的抽屉里拿出那根敲钟的铁棒，递到他的手里后，"扑通"一声跪在了他的面前。

"爸，你打我吧。我不是想离开这里，我是想离开你。这几年我拼命学习，就只是为了逃离你。我恨你。你怎么就不明白呢？"田壮壮埋下头，没看沙嗓子的眼睛。他等着铁棍敲在自己的脑袋上。

几分钟后，田壮壮听到铁棍落在水泥地上发出的"叮咚"一响。他抬起头，看见沙嗓子双手捂着脸，跌坐在地板上，大声抽泣起来。

10

2012 年 7 月 9 号，宋盼子大学毕业的那个晚上，她乘坐飞机、火车，最后转了一班长途大巴，连夜回到了幸福镇。

宋盼子惊讶地发现，自己离开的六年，除了镇子的街道两旁添置了许多路灯和居民楼以外，这里并未发生什么惊天动地的大变化。只是，如今对宋盼子来说，商店里的一张张脸，和她擦肩而过的一个个人，宋盼子已不再熟悉，偶然看见一张似曾相识的面孔，宋盼子也无法把握确认。

但她永远也记得面前这幢居民楼，这幢曾经幸福镇最漂亮的居民楼。那时，宋盼子和爸爸妈妈拥有这里的一间，是镇上地位和财富数一数二的家庭。那时，宋盼子幸福得犹如一座城堡里的公主。

宋盼子兜里揣着任郁然给她的钥匙，开始爬楼。

在转过五楼，离六楼还有几步台阶的楼道上，宋盼子僵住了。曾经宋盼子的家门边，那面雪白的墙壁上，田壮壮用粉笔写满了五颜六色的字：

对不起对不起对不起对不起对不起对不起对不起对不起对不起对不起……

那些密密匝匝的字，犹如一记记重拳，敲开了宋盼子对田壮壮尘封已久的大门。

宋盼子愣了几秒，转过身，匆匆朝楼下跑去。

在小学那间逼仄黑暗的小卖部里，三个簸箕和三个背篓还在，沙嗓子也还在。

沙嗓子见到宋盼子后，先是惊讶地打量了她几秒，接着，他像抓住救命稻草一般，用力抓住了宋盼子的手。

宋盼子感受着那双粗糙如树皮的手上惊人的力量。

“盼盼，你帮我一个忙。自打田田念大学后，就再也没回过家，没看过我一次。你去过大城市，见过大世面，你帮我联系联系他，好吗？”沙嗓子不可抑制地哭出声，唯一的右眼成了一个写满悲伤的泉眼。

宋盼子扶着沙嗓子到了小卖部的里屋，好不容易才劝他在一把椅子上坐下。刚坐下没多久，沙嗓子立马又站了起来，拉开一个抽屉，翻找了好一阵，从里面掏出一张皱巴巴的纸来。

沙嗓子将那张纸递给宋盼子，开口说：“盼盼，你小时候，老是在我面前说，自己长大以后也要穿全身都有大兜的衣服。那时候，你不知道你爸爸做的工作，是管钱的呀。我沙嗓子没用，没有能力赚大钱，只能靠这一个小卖部生存。苦是苦了点，可这么多年，靠着踏实和老实，我也存了一笔钱。”

“那笔钱，是为了给田田治病，”宋盼子皱眉，“他知道吗？”

沙嗓子摇头。

“田田很小的时候，我和他妈老打架，也是为了他这病，他妈每次都提出要离开家。我没办法呀，控制不住老打她，想让她留下来。可田田他妈还是在田田6岁时跑了。”沙嗓子喟叹一声，“我瞎掉的这只眼睛，不是因为工伤，是有一次被田田他妈用剪刀戳的。”

宋盼子的心颤了一下，说不出的难受和痛心。

“就因为田田有先天性心脏病，所以你才不让他去更远的地方念书，才一心想把他留在身边，以便好好照顾他？”与其说宋盼子是在询问，不如说是在求证。

沙嗓子没说话，眼里又沁出了大颗的泪。半晌，他抬起头，疑惑地问宋盼子：“盼盼，你怎么回来了？”

宋盼子将那张诊断单还给沙嗓子，说：“为了跟田田说声‘再见’。”

11

2014 年 9 月，田壮壮在那面熟悉的墙上再次写下了“对不起”。

他已经不知道十二年间，自己第几次写下这三个字了。有生以来，他会为一个人，写下成百上千的“对不起”，这本身已是一个奇迹。他唯一无法释然的是，或许在自己某天心脏病突发时，接受这三个字的人也未能出现。

大学毕业两年后，某天，田壮壮接到了初中同学任郁然的电话。电话里，任郁然告诉了他一切真相，关于他的病，关于沙嗓子。唯独关于消息的来源，任郁然只字未提。

很快，田壮壮回到了幸福镇，回到了那间自己住了十几年的小卖部。在看到沙嗓子后，西装革履的他丢掉手中的行李包，一把抱住了沙嗓子，忍不住泪流满面。

也就是在那一刻，他决定留下来，守着幸福镇，守着沙嗓子一生。

“任郁然，快开门！”田壮壮敲了敲六楼的那扇门。

门打开后，一个女人出现在了门口。

田壮壮认识这个女人，虽然她年纪已经不轻，但脸上依旧保留着昔日漂亮的容颜和风采。

“你是宋盼子的妈妈？”田壮壮想起了当年小镇上，那个穿着红色直筒裙，脚踩黑色高跟鞋的时髦女郎。

“亏你还记得。你是田壮壮吧？”宋盼子的妈妈说着，将田壮壮迎进了屋。

“阿姨怎么知道我的？”田壮壮在一张沙发上坐下，环顾着屋内的陈设。

“常听盼盼和郁然提起你。”她开口道，“两个孩子特别争气，没过多久就把老家这套房子留给了我。你知道，这套房子本身就是我的，后来被郁然他爸买下了，他爸把这套房子留给了郁然。郁然和盼盼结婚后会住在城里，郁然索性将这房子物归原主，给了我。”

宋盼子的妈妈刚将一杯茶放在田壮壮面前时，门外响起了敲门声。

“你能去开下门吗？”她问。

田壮壮点点头，心里已经猜出了门外站着的人。

12

宋盼子看了看田壮壮，几步上前，轻轻拥抱了他。这个她从小学毕业后就喜欢的男孩，如今终于有勇气走进她的家门，试着参与她的生活，而不是站在门外，像一个旁观者一样看着自己。

“对不起。”田壮壮说，“你好吗，盼盼？我很想你。”

“我也想你。”宋盼子轻声安慰着他，“可是，田田，我要走了。你回幸福镇的消息，是郁然告诉我的。这次我回来，是为了完成12岁时欠你的那次告别。”

“我明白。那年，我也欠下了你一句‘对不起’。”田壮壮拉了拉宋盼子的手，就像他俩童年时代的拉手一样。

“我明白。”

十二年后，他们互相欠下的那句道歉和告别，在两人默契的笑容中烟消云散。

图书在版编目（CIP）数据

让你的名字住进我的表白里 / 肖叉悄悄著 . —北京 : 北京联合出版公司 , 2015.12
ISBN 978-7-5502-6727-5

Ⅰ . ①让… Ⅱ . ①肖… Ⅲ . ①故事 – 作品集 – 中国 – 当代 Ⅳ . ① I247.8

中国版本图书馆 CIP 数据核字 (2015) 第 283988 号

让你的名字住进我的表白里

作　　者：肖叉悄悄　　选题策划：远近工作室
出 品 人：唐学雷　　出版统筹：柯利明　林苑中
特约监制：丁元元　　责任编辑：管　文
文字统筹：王晓楠　　特约校对：燕　华
营销统筹：蕊　蕊　　营销推广：陈　晨
装帧设计：车　球　　责任印制：张军伟

北京联合出版公司出版
（北京市西城区德外大街 83 号楼 9 层　100088）
北京旭丰源印刷技术有限公司印刷　　新华书店经销
字数 143 千字　880 毫米 ×1230 毫米　1/32　9.5 印张
2016 年 2 月第 1 版　2016 年 2 月第 1 次印刷
ISBN 978-7-5502-6727-5
定价：36.80 元